Los DIOSES del NORTE

JARA SANTAMARÍA

Los DIOSES del NORTE

El tejedor de pesadillas

B DE BLOK

Papel certificado por el Forest Stewardship Council®

Primera edición: febrero de 2020

© 2020, Jara Santamaría
© 2020, Penguin Random House Grupo Editorial, S. A. U.
Travessera de Gràcia, 47-49. 08021 Barcelona
© 2020, Juan Acosta, por la ilustración de portada

Printed in Spain – Impreso en España

ISBN: 978-84-17736-32-3
Depósito legal: B-17.703-2019

Compuesto en Comptex & Ass., S. L.

Impreso en Black Print CPI Ibérica
Sant Andreu de la Barca (Barcelona)

B L 3 6 3 2 3

Penguin
Random House
Grupo Editorial

A Patri, por recordarme lo importante.
Y a Elena y Paula, por tanta paciencia y café

1

Ada

La Amona echó un tronco más a la chimenea.

Cuidadosamente, cogió un atizador de hierro y comenzó a remover las ramas y las bolitas de papel que había entre la madera, provocando un chisporroteo rojo que terminó por avivar el fuego del salón.

Lo observé con atención durante unos segundos. O tal vez minutos, yo qué sé. Creo que ni siquiera fui consciente de que llevaba un buen rato ahí parada, de pie, con la cabeza echada hacia un lado, siguiendo el baile de las llamas. Como si fueran a decirme algo. Como si en cualquier momento fueran a desvelarme un secreto y tuviera que estar atenta, muy atenta, para comprenderlo bien.

No me habría enterado de que llevaba tanto tiempo haciendo el tonto, con una pila de platos en la mano esperando a que los colocase en la mesa, si no fuese porque la Amona se puso de pie, ayudándose de la repisa de la chimenea para incorporarse.

—¡Chist! —Yo agité la cabeza cuando me di cuenta de que se dirigía a mí—. ¡Ada, despierta!

Carraspeé, un poco avergonzada.

Ya lo sé. Seguro que te parece una tontería, ¿no? Seguro que piensas que no es más que una puñetera chimenea.

Ya.

Pero es que, desde que volví de Gaua, una chimenea jamás volvió a ser una chimenea.

Habían pasado varios meses desde... todo lo que pasó. Con la vuelta al colegio y mi vida de siempre en Madrid, el verano en Gaua parecía sacado de un sueño rarísimo. De alguna manera, era como si me hubiese inventado todo lo que vi y viví allí: Unax convenciéndome para que saltara por aquel pozo, llegar a ese lugar donde siempre era de noche sobrevolado por luciérnagas y descubrir que había sido engañada, Ximun amenazándome, los brujos intentando que destruyera un portal, todas esas historias sobre mi linaje y... y la magia.

Tragué saliva.

Es como si *eso* tampoco hubiera pasado nunca.

En el mismo momento en que volvimos al mundo de la luz, la Amona nos había hecho prometer que no le contaríamos a nadie lo que había pasado. Decía que era demasiado peligroso, especialmente para mí. Ya ves, por lo visto es lo que tiene ser un bicho raro y descender del dios de las tinieblas: todo el mundo quiere raptarte. Y con todo el mundo me refiero, por supuesto, a esos brujos revolucionarios que querían aprovechar mi supuesto poder para destruir el portal para siempre y acabar con la división de los dos mundos, pero ahí no quedaba la cosa. Según la Amona, si cualquier brujo ambicioso o cualquier criatura sedienta de venganza descubriera quién soy y lo que soy capaz de hacer, se pelearían por llevarme de su lado y utilizarme para dominar el mundo. Por no hablar del mismo Gaueko, claro. ¿Qué pasaría si llegaba a descubrir que yo existía. Que estaba viva, después de todo. Que había logrado esconderme de él? ¿Intentaría reclamarme como su legítima heredera de la Oscuridad Eterna, o algo así? No, a la Amona no le parecía una buena idea averiguarlo, así que nos aleccionó durante el resto de nuestras vacaciones, asegurándose de que íbamos a saber mantener la boquita cerrada sobre todo lo que nos había pasado. No se lo podíamos contar a nadie, ni a nuestros amigos, por mucho que confiáramos en ellos, ni a nuestros propios padres. «Es lo mejor para proteger a la familia», decía la Amona, una y otra vez.

Y sí, vale, era muy probable que tuviera razón, pero ¿ocultar algo así? ¿Seguir mi vida como si fuese una niña normal? Ja. Eso era mucho más de lo que podía pedirme.

Al principio fueron mis padres. Que si estás rara, que si qué te pasa, que si había discutido con mis amigas del cole, que por qué de repente no me apetecía salir a jugar, que por qué estaba siempre tan sola, que por qué esa obsesión por quedarme despierta de noche, mirando por la ventana. Mi madre me había pillado más de una vez cuando se desvelaba en plena madrugada y, de camino al baño, me observaba a través de la puerta entreabierta de mi cuarto. «Pero ¿qué haces despierta?», decía, a medio camino entre la regañina y un poco de susto. Supongo que no es muy normal ver a una niña de nueve años incorporada en su cama a las tres de la mañana y con los ojos como platos, fijos en la luna. Siempre hacía lo mismo: se quedaba un par de segundos dubitativa en el marco de la puerta y después entraba, se empeñaba en que me acostase de nuevo, me arropaba y me daba un beso suave en la cabeza, como si de esa manera esperase quitarme lo que fuera que me estaba manteniendo despierta.

«¿Has tenido una pesadilla?», solía preguntarme al principio y, cuando yo negaba con la cabeza, insistía: «¿Y entonces?». La primera vez le dije la verdad: «La noche me gusta más».

Aquella noche aprendí una lección. Si no quieres preocupar a tu madre adoptiva, no le digas cosas raras. Así que aprendí a mentir, tal y como lo hacía con todo lo demás, cada vez que le ocultaba todo lo que había vivido en Gaua. Aprendí a responder un «no tengo sueño» o un «no me podía dormir», que preocupaba un poco a mi madre pero supongo que no tanto como verme así, siendo yo misma, admirando la inmensidad de la oscuridad.

El problema es que después la preocupación se extendió también al colegio, y llegaron las faltas, las malas notas, las cartas del director, las reuniones con mis padres, las charlas con la tutora. Les escuché decir que habían detectado problemas de concentración, fallos en mi «socialización» y «compañerismo» (por lo visto, querer pasar tiempo sola era signo de que algo iba mal en mi cabeza), malas contestaciones a los profesores y... ¿cómo era? Ah, sí: un desinterés general por las clases.

A mí, en realidad, ninguna de esas cosas me preocupaba en absoluto, pero era un verdadero engorro tener que someterme a los interrogatorios de toda esa gente preocupadísima que quería ayudarme, así que tuve que aprender a fingir también allí, sonreír más y camuflarme entre el resto de mis compañeros.

Y, en cambio, ahí estaba la chimenea. Y de pronto, todos esos meses fingiendo y tratando de aparentar normalidad, tratando de esforzarme por enterrar todos esos recuerdos... se iban al traste. A través de esa misma chimenea, la Amona había logrado comunicarse conmigo cuando estaba secuestrada en la casa de los abuelos de Unax, en Gaua. Gracias a esas llamas, había logrado superar las barreras del portal y comunicarme con lo que había al otro lado, y ahora, al mirarlas bailando, moviéndose a los lados de esa manera tan misteriosa, no podía evitar pensar que... tal vez… si las miraba un poco más de cerca… tal vez podría…

Esta vez fue la mano de la Amona en mi brazo.

—Ada, la mesa no se va a poner sola.

Echó un vistazo a los platos que todavía sujetaba en las manos. A decir verdad, estaba tan sumida en mis pensamientos que era un milagro que no se me hubieran caído al suelo.

—Perdona, Amona.

Pero no parecía enfadada. Por la mirada que me echó, me dio la sensación de que sabía exactamente lo que estaba pasando por mi cabeza.

Ese destello en su mirada fue lo único que me hizo pensar que realmente también ella estuvo allí y que no me lo había inventado todo. Te aseguro que, viéndola atizar los troncos de la chimenea y recorrer la cocina de un lado a otro encargándose de que todo estuviese perfecto para la cena de Nochebuena… jamás habrías imaginado que fuera una bruja.

Claro que tampoco lo habrías adivinado en el caso de Emma; de eso sí que estoy segura. Si la mirases ahora, solo verías a una chica de trece años recién cumplidos, con una expresión que dejaba muy claro que no estaba de humor para tonterías, mientras colocaba los vasos en la mesa del salón. Probablemente, si le hubieras dirigido la palabra te habría respondido con un gruñido o se habría encogido de hombros para evitar seguir la conversación y ya está. Eso era muy típico de Emma, pese a que estaba especialmente simpática esta Navidad e incluso, cuando se bajó del coche, se le escapó una discreta sonrisa que delataba que en el fondo se alegraba un poquito de vernos.

El que no lo disimuló nada fue Teo, por supuesto: estaba tan contento de volver a Irurita que había estado muy cerca de besar cada una de las piedras de la pared de la casa de la Amona, y subía y bajaba por las escaleras de dos en dos, recordando con probabilidad cada uno de los detalles de nuestro verano.

—Podríamos quedarnos más tiempo, ¿no? —dijo, prácticamente nada más deshacer la maleta.

Estábamos todos en el salón, y su pregunta hizo que su padre alzara las cejas. Me parece que era la primera vez que alguno de nosotros mostraba algún tipo de interés por pasar tiempo juntos, y eso les sorprendió a todos por completo. Miró a mis padres unos segundos, que parecían tan desconcertados como él, y después de nuevo a Teo.

—¿En casa de la Amona? Pero si es que trabajamos todos el día 26...

Esta vez fui yo la que salió en su auxilio. A mí no se me había ocurrido pedirles algo así, pero ¿unos días en Irurita? ¿Sin nuestros padres? ¿Unos días para volver a conectar con este bosque, sin tener que fingir que eso de estar tan rara ya se me estaba pasando? Eso era exactamente lo que necesitaba, ¡era lo que llevaba esperando durante meses!

Sonreí abiertamente, de oreja a oreja.

—¡Pero no hace falta que os quedéis vosotros! Podríamos quedarnos solos, con la Amona —dije, enérgicamente, mirando a mis padres y a mis tíos—. Pensabais volver en Nochevieja de todas formas, ¿no? Podemos quedarnos aquí hasta entonces. ¡Si son solo unos días!

Me esforcé en poner los ojos muy grandes, hasta convertirlos en dos bolitas brillantes. Había ensayado esa mirada cientos de veces en el espejo y funcionaba prácticamente siempre para derretir el corazón de los adultos; lo tenía más que comprobado.

Otra vez, supongo que me salí con la mía.

Lo que no podía imaginarme es que nuestro plan de pasar las Navidades en casa de la Amona estaba a punto de convertirse en algo mucho más increíble e infinitamente más peligroso de lo que todos pensábamos. Que esa Nochebuena tan aparentemente normal, tan tranquila y tan familiar como de costumbre, estaba a punto de cambiar nuestras vidas para siempre.

Pero me estoy adelantando.

Como te decía, estábamos en pleno preparativo de la cena y yo me había quedado tan absorta mirando las llamas de la chimenea que la Amona me había llamado la atención. Lo había preparado todo del mismo modo que cada año. Había desplegado la mesa grande del salón y había sacado la vajilla buena, unos cubiertos a los que habíamos tenido que quitar el polvo y ese mantel pintado a mano que a mi madre le daba tanto miedo que manchásemos. Fuera de la casa de la Amona, una tormenta de nieve (¿o sería granizo?) golpeaba los cristales sin piedad.

Nuestros padres se habían sentado todos juntos a un extremo de la mesa. Siempre aprovechaban la Navidad para saborear el reencuentro de los tres hermanos (mi madre, el padre de Teo y la madre de Emma), después de pasar el resto del año demasiado lejos. Miraban fotos, recordaban siempre las mismas anécdotas y hasta me parecía que se reían de los mismos chistes un año tras otro. Pero no estaba mal del todo porque, en general, eso significaba que a nosotros tres también nos dejaban bastante en paz, juntos en el otro extremo de la mesa.

Otros años, Emma nos miraba y resoplaba con fastidio, pero este... este nos mirábamos en silencio, con la sonrisa contenida de quien esconde un secreto enorme. Mientras tanto, la Amona no paraba de traer comida. Primero, los canapés, y una hilera de platos de picoteo, y después otra, y luego un enorme plato de estofado que Teo se empeñó en terminar a pesar de que ya estaba a punto de explotar.

Mi madre estaba contando de nuevo lo de aquella vez que mi tío Fermín, el padre de Teo, se había subido a un árbol para impresionarles a todos, tan, tan alto que después no se atrevía a bajar.

—¡Igual que un gato! —jaleaba María Jesús, la madre

de Emma—. ¡Llorando ahí arriba! Y todo el pueblo abajo mirando.

—¡Mira que eres mentirosa! —Reía, falsamente ofendido, Fermín—. ¡Llorando, dice!

La Amona negaba con la cabeza, recogiendo un plato de croquetas y repartiendo las últimas entre nosotros.

—Suerte tenéis de que no se lo conté a vuestro padre, que si no... Yo lo que no sé es cómo no me matasteis a disgustos.

Lo había escuchado cientos de veces, pero cada vez que se repetía mi madre se reía hasta tener que limpiarse los ojos con el borde de las servilletas. Mientras tanto, Emma los miraba con cautela y, cuando estuvo segura de que los adultos estaban tan distraídos que no nos estaban escuchando, murmuró:

—¿Qué tal el curso?

—Raro —dije.

—Horrible —añadió Teo, y nos dedicó una mirada cómplice—. Sin poder decir... eso...

No hizo falta decir mucho más, porque nos entendimos a la perfección y yo asentí enérgicamente. No decir nada durante meses había sido lo más difícil que había hecho en mi vida.

—Creo que he conseguido que no sospechen nada —dijo Emma, muy despacio, sin perderles de vista.

—Pues ya me dirás cómo lo haces. —Me encogí de hombros.

Cogiendo la última croqueta entre los dedos, Teo se inclinó hacia nosotras, como si se preparase para contarnos un secreto.

—Yo tengo novedades —dijo.

—¿Cuáles?

Se acercó todavía más antes de hablar:

—Me han admitido en una de las escuelas de música más importantes de Bayona. Voy a aprender a tocar. A tocar de verdad.

—¡Pero eso es estupendo! —exclamé, tal vez un poco más alto de lo que debería—. ¡Qué bien que te hayan dejado hacer las pruebas!

Teo se encogió sobre sí mismo y se rascó la nuca.

—Bueno... eso tampoco es... quiero decir...

Emma arrugó las cejas.

—No lo saben, ¿no? —dedujo.

—Todavía no. Pensé en hacer las pruebas por mi cuenta y decírselo hoy. Es más fácil si les digo que ya me han cogido, ¿no?

—Te van a matar.

—Tenía que intentarlo. Si ya fui capaz de... ¡ya sabéis! Lo de derrotar a todos esos... —Gesticuló con los brazos y bajó la voz aún más—: Pensad en lo que voy a ser capaz de hacer cuando pueda hacer música de verdad.

Por un momento temí que nuestros padres nos escucharan, pero ese pensamiento se disipó de golpe cuando un relámpago iluminó al otro lado de la ventana. Todos nos quedamos en silencio de golpe, sobrecogidos, esperando el trueno que llegó apenas un segundo después. Sonreí sin poder evitarlo. Me encantaban las tormentas.

—Amona. —Mi voz irrumpió el silencio que se había formado en la mesa e incluso mi madre dio un respingo al escucharme—. ¿Por qué no nos cuentas una de tus historias?

Con el rabillo del ojo, pude notar que Emma me fulminaba con la mirada, probablemente pensando que era una idea terrible que nuestros padres supieran la clase de «cuentos» que nos contaba la Amona. Así es como había empezado todo, ¿no? Con la Amona hablándonos de Gaueko y de su reinado de tinieblas.

Quería más.

—¿Qué tipo de historia? —dijo mi abuela. Había dado en el clavo: le encantaba contar historias.

—Una de miedo —me envalentoné. Mi madre negó con la cabeza.

—¡Pero si es Nochebuena!

—Pero hay tormenta. Pega muchísimo contar una historia de miedo, ¿a que sí, Amona? Por favor.

Dudó unos instantes y miró a sus tres hijos, uno a uno, como pidiéndoles permiso, antes de esbozar una leve sonrisa e inclinarse sobre la mesa.

—¿Os he hablado alguna vez del Inguma? —dijo.

Los tres negamos con la cabeza. Ella apretó los labios,

mordiendo una sonrisa satisfecha, y ladeó la cabeza, con la vista fija en la ventana.

—La leyenda dice que le gustan las tormentas. Y las noches muy, muy oscuras, sin luna.

—Pero ¿quién es? —interrumpió Teo, impaciente.

—Aún no he llegado a eso —le regañó—. Hace muchos, muchos años, se dice que habitaba el valle una criatura encorvada, cubierta de pelo de los pies a la cabeza y fea en extremo. Cuentan que era espantoso mantenerle la mirada. Claro que difícilmente tenías la oportunidad de hacerlo, porque cuando se presentaba ante los humanos, lo hacía a través de los sueños.

—Los sueños —repetí yo, y la Amona asintió.

—El Inguma se alimenta del miedo. Se dice que los primeros días te estudia, te observa y averigua qué es aquello a lo que más temes y, cuando ya está seguro de qué es, teje una pesadilla perfecta para ti. Algunos cuentan que se han despertado de golpe, en medio del sueño más terrorífico y realista que habían tenido jamás, y al abrir los ojos se han encontrado a esa criatura encima de su pecho, con las garras sujetándole el cuello e impidiéndole respirar. Lo llamaban el tejedor de pesadillas.

El padre de Teo dejó el vaso de vino en la mesa con demasiada fuerza.

—Ama, vale ya —dijo—. No les metas miedo a los niños.

Fruncí el ceño y le rebatí, sin poder evitarlo:

—Yo no tengo miedo.

Decía la verdad, no tenía miedo. Había visto y vivido cosas infinitamente más terroríficas que eso y, si acaso, oír hablar de una criatura capaz de tejer pesadillas me provocaba una secreta e inesperada fascinación. Aun así, algo en la mirada de mi abuela me hizo saber que debía callarme. Ella misma parecía ser consciente de que había hablado demasiado y se disculpó ante sus hijos, quitándole importancia, diciendo «pero que son cuentos, hombre, si les gustan», y mientras mi madre decía «como luego no puedan dormir, verás tú qué risa» yo solo quería saber más y más y que el resto del mundo se fuera para poder preguntarle a la Amona lo que más me importaba en ese momento: ¿esa cosa era real? Porque no parecía que se la hubiese inventado. Me sonaba tan auténtica, tan viva, que de algún modo era como si siempre hubiera sabido que existía algo así.

Tal vez unos meses atrás habría creído que una historia como esa podía ser producto de la enorme imaginación de mi abuela, pero... ¿después de lo que había visto en Gaua? Un tejedor de pesadillas no me parecía algo tan descabellado.

La lluvia no cesaba.

La tormenta se imponía en el cielo negro de Irurita, en medio de una de las noches más largas del año.

Y a mí el corazón me latía a toda velocidad.

2

Teo

Para variar, Ada había desatado el caos.

Con toda esa historia del Inguma, estaba más feliz que un gato con un bol de leche entre las zarpas, pero nuestros padres se revolvían en la mesa, incómodos y nerviosos, regañando a la Amona por contarnos cosas que no venían a cuento. Mientras tanto, fuera de casa se desataba una tormenta tremenda.

Y a todo esto, mi principal objetivo de esa cena era contarles a mis padres que había sido admitido en la escuela de música. ¡Tenía el plan perfecto! Llevaba esperando semanas desde que me lo habían comunicado, esperando el momento ideal para decírselo y que no pudieran negarse. ¿Y quién dice que no a un niño el día de Nochebuena. Rodeado de primos, de tíos, de turrones y de cosas ñoñas de Navidad?

Era PER-FEC-TO.

Pero Ada, tan siniestra e inoportuna como siempre, había tenido que enrarecer tantísimo el ambiente que ya no estaba tan seguro. Pero no, era un «ahora o nunca», había ensayado incluso lo que iba a decir y lo tenía clarísimo, y si dejaba escapar el momento… tal vez jamás volvería a pasar.

Miré a Emma un segundo y le dije:

—Apóyame.

Y sin darle tiempo a que me respondiera, me levanté de la silla y me quedé de pie frente a todos, frenando el debate sobre si hubiese sido mejor que la Amona nos contara la historia del Olentzero, o cualquier otro cuento más navideño. Las miradas de todos se quedaron fijas en mí, y la saliva se me hizo un nudo difícil de tragar.

Venga, Teo. Suéltalo.

—Pues yo tengo una noticia que daros —dije, tomando aire, con toda la solemnidad que pude reunir—. Me han admitido en la mejor escuela de música de Bayona, para empezar desde enero. El curso empezó en septiembre, pero aun así mi profesor de Música en el colegio me animó a hacer las pruebas y me dijeron que no habría problema, siempre y cuando me esforzase mucho por ponerme al día.

Todo esto lo dije mirando a algún lugar indeterminado de la pared, porque supongo que no me atrevía a dirigir la vista directamente a mi padre y enfrentarme a la decepción que seguro que tenía en los ojos. Tragué saliva y lo hice, al final, dispuesto a llegar hasta el final. Le descubrí con el ceño ligeramente fruncido, pero no tenía ni de lejos la expresión de estupor que habría esperado encontrar. Era como si todo aquello, en realidad, tampoco le importase demasiado. O como si pensase que se trataba de un arrebato tonto que se me iba a pasar en diez minutos y era mejor dejarlo correr. Sentí la sangre agolparse en mis mejillas.

Mi madre se cruzó de brazos y fue la primera en hablar:

—¿Y tú cuándo has hecho las pruebas?

—Ya os lo he dicho, me acompañó Pierre, el profe de Música. Me lo dijeron hace un par de semanas, pero tengo que decir que sí a la vuelta de Navidad o perderé mi plaza.

Ella alzó las cejas pero no dijo nada más, y yo miré a mi padre buscando algo, un mínimo de reacción, un atisbo de gesto que me hiciera creer que todo este asunto le importaba un poquito. Pero no dijo nada.

—Sé lo que pensáis —me adelanté, viendo que no parecía que fuese a contestarme—. Pero no me robará mucho tiempo. Podré estudiar igual. Son solo tres horas a la semana. Una y media de flauta y otra hora y media de lenguaje musical. Lunes y miércoles, después del colegio. Me he traído en la maleta todos los folletos, luego os los puedo enseñar.

Nada. Silencio.

Mi madre respiraba hondo, y la Amona, viendo la tensión que había cargado el ambiente en tan solo unos segundos, se dispuso a empezar a recoger, exculpándolos, como siempre, con una suave risa y diciendo:

—Bueno, Teo. Que les has pillado así un poco en frío.

Agité la cabeza y le impedí que siguiera recogiendo. No quería distracciones. No me podía creer que hubiera reunido valor durante semanas para no obtener ningún tipo de respuesta. Le clavé la mirada a mi padre.

—¿No vas a decir nada?

—Igual no es el momento —dijo, por fin.

—¿Y cuándo lo es? —rebatí, frustrado—. ¿No te parece bien que me haya apuntado a la academia?

Suspiró despacio, miró a mi madre un segundo y después a mí.

—Ya lo iremos viendo, Teo.

De pronto, sentí que me hervía la sangre y todos mis intentos de tener una conversación tranquila se esfumaban como llevados por el viento de la tormenta que rugía al otro lado de los cristales.

Sabía perfectamente lo que significaba ese «ya iremos viendo». Lo repetía cada vez que quería librarse rápido de una discusión que no iba a ningún lado. No tenía el mínimo interés en reposarlo, ni en meditarlo con la almohada. Simplemente, no quería negármelo de golpe para evitarme una rabieta delante de todos, y saberlo me enfurecía aún más que si me hubiera dicho directamente que no.

—No es verdad —dije.

—Teo, ya vale —intercedió mi madre—. ¿Por qué no subes al desván a por los juegos de mesa mientras sacamos los postres?

Pero yo no tenía intención de moverme. Mis tíos nos observaban en silencio, supongo que sin saber muy bien qué decir, y Emma, a mi lado, me dedicaba una mirada de impotencia. La Amona, esta vez sí, comenzó a recoger e indicó a mis primas que la ayudaran a apilar los platos y llevarlos a la cocina.

—Soy bueno —dije—. ¿Sabes lo difícil que es que te dejen entrar con el curso ya empezado?

—No lo niego.

—Entonces ¿dónde ves el problema?

Negó con la cabeza, con una lentitud de movimientos exasperante.

—Si no hay problema en que te guste la música. Lo que te he dicho mil veces es que puede ser un hobby. A mí me gusta leer, por ejemplo, pero eso no significa que tenga que destinar recursos ni tiempo todos los días como norma. Y menos si eso implica que otras cosas se quedan por hacer.

—¡Va, pero si apenas lees un puñetero libro, papá! Si llevo sin verte leer...

—¡Teo! —exclamó mi madre.

Mi padre, en cambio, mantuvo la calma.

—Leo cuando puedo. Por eso es un hobby. Mis prioridades son otras, y ahora mismo las tuyas tienen que ser estudiar, y hasta que no nos demuestres que puedes ponerte al día en matemáticas y aprobar la asignatura, no estás para perder el tiempo en otras extraescolares.

—¡Pero que no es perder el tiempo! —grité, tal vez un poco demasiado alto. Mi madre me dio un golpecito con la pierna por debajo de la mesa. Mis primas y mis tíos, abochornados por la situación, se agolpaban en la cocina para recoger y huir de nosotros—. La música NO es un hobby. La música es mi vida.

—Eres un crío, Teo. Sabrás tú lo que es la vida.

Según dijo eso, soltó un sonido bastante parecido a una risa y dejó sobre la mesa la servilleta bordada que le cubría las piernas para evitar mancharse. Aquella risa fue demasiado.

—¡¿Y lo sabes tú?! Porque eres ingeniero, ¿no? Lo sabes todo sobre la vida. Qué está bien, qué no, qué vale para algo y qué no vale para nada. —Las palabras salían de mi boca sin orden ni concierto, sin filtro, envenenadas por una rabia contenida demasiado tiempo—. ¡Pues a lo mejor estás equivocado! A lo mejor todas esas reglas a ti te valen. ¡Pero yo no quiero ser mayor para convertirme en alguien como tú!

En el mismo instante en que lo dije, supe que me había equivocado. Pero como casi siempre que se habla desde la ira, para cuando fui consciente ya era demasiado tarde: aun enmascarados en la aparente calma imperturbable de mi padre, pude notar que algo se rompía dentro de sus ojos. También los míos me quemaban, como si estuviesen conteniendo las lágrimas. Parpadeé un par de veces, luchando con todas mis fuerzas contra esa sensación.

Me preparé para que me castigara, para que me dijera que ahora sí me olvidase para siempre de esa academia... Pero nada de eso llegó. Simplemente apretó los labios y se puso de pie, haciendo el ademán de recoger los escasos cubiertos que quedaban en la mesa.

—Hazle caso a tu madre, anda —me dijo, esta vez sin mirarme—. Sube al desván y coge los juegos de mesa.

Asentí y tragué el doloroso nudo que se me había formado en la garganta, agradeciendo en silencio la oportunidad de irme del salón y que mi padre no me viera llorar.

Subí las escaleras, primero hasta la primera planta donde estaban nuestros dormitorios y después un piso más, y pronto el crujir de los peldaños empezó a amortiguar las voces de mis tíos y el chasquido de los vasos, que sonaban cada vez más lejos a mis espaldas. Me apoyé en la pared unos segundos, respirando lento y hondo hasta que conseguí tranquilizarme. A lo mejor, después de todo, no nos venían mal los juegos de mesa.

Eran un clásico de nuestras Navidades. No fallaba nunca. Primero, mi padre nos vencía a todos en el Trivial y nos daba una lección mientras se ajustaba las gafas a la nariz. Entonces, la madre de Emma decía que nos pasásemos a algo más divertido, y tocaba el turno del Monopoli.

Nada más abrir la puerta del desván, un picor en la nariz me provocó un estornudo y me la froté con fuerza mientras encendía la luz. Eché un ojo a mi alrededor. Ese sitio estaba lleno de cacharros y cajas apiladas cubiertas por una gruesa capa de polvo. No sabía cuánto tiempo hacía que la Amona no subía a adecentarlo, pero estaba seguro de que habría arañas, así que empecé a moverme entre cajas con cuidado de no tocar nada, por si acaso.

Y entonces, de repente, pasó.

¡¡BAAMM!!

Me sobresalté y di un salto hacia atrás, con el corazón encogido. Algo o alguien se había dado un golpe bien gordo. Sea lo que fuera, había tenido que doler. O eso o alguien había tirado al suelo un objeto muy pesado.

¿Pero quién? Ahí no había nadie conmigo, y todo a mi alrededor parecía exactamente igual que hacía dos segundos.

—¿Amona? —Miré hacia los lados, acercándome a la puerta. El pasillo seguía a oscuras—. ¿Ada? ¿Emma?... ¿Papá?

Nada. Ninguna respuesta.

Tragué saliva y me asomé por el hueco de las escaleras. A lo lejos, seguía oyendo la despreocupada risa de mi familia, que cenaba como si no hubiese oído nada. Si no habían sido ellos... entonces debía provenir de las habitaciones.

Bajé con cuidado, sujetándome a la barandilla e intentando no hacer demasiado ruido, aunque no tenía ni idea de por qué.

—¿Hola? —indagué de nuevo.

En el fondo, estaba seguro de que debía de ser Ada, que se había cansado del turrón y quería gastarme una broma para divertirse. Pero lo cierto es que lo estaba haciendo demasiado bien para tratarse de ella. Rara vez aguantaba más de diez segundos sin que le delatase la risa en su escondite.

Me mantuve unos segundos en silencio, todavía junto a la barandilla y con la luz apagada, y esperé tratando de calmar mi respiración.

No se oía nada.

¿Y si simplemente se había caído un libro? La casa de la Amona era tan vieja que no sería de extrañar que se hubiera desprendido una balda de algún sitio, o algo así.

Sí. Tenía que ser eso. Respiré con alivio, decidido a olvidarme del asunto. Ya lo miraría después, de todas formas, o al día siguiente. ¡Qué más daba! Ahora bajaría de nuevo las escaleras, volvería a la cena y...

¡CLAC, CLAC, CLAC!

—Ay, mi madre.

Eso había sonado muy cerca. Y no, no parecía un libro en absoluto.

Me giré despacio. Había sonado, concretamente, como si estuviera dentro de mi habitación.

Cerré los ojos durante unos segundos, reuniendo las fuerzas para soltarme de la barandilla y dirigirme hacia la puerta de donde provenían los ruidos. La abrí con más determinación de la que verdaderamente sentía.

—¡Quién anda ahí! —grité, encendiendo la luz de un manotazo.

Pero, desde luego, no estaba preparado para lo que vi.

Mi armario estaba abierto de par en par, y mi ropa, que había dejado más o menos apilada encima de la cajonera, ahora se había transformado en una enorme bola desordenada en la que se mezclaban mis jerséis, bufandas y hasta la manta extra que la Amona siempre guardaba por si acaso teníamos frío.

¿Pero qué demonios había pasado? Era como si un tornado hubiera irrumpido en mi habitación, pero la ventana estaba cerrada.

Un momento, ¡UN MOMENTO!, la bola de ropa parecía estar moviéndose... ¿tiritando? Toda ella parecía sumida en un pequeño temblor que hizo que se desprendieran un par de calcetines.

Me revolví el pelo, tratando de pensar con claridad. O Ada estaba llevando su broma muy al extremo o ahí dentro se había colado algún animal que no sabía cómo salir.

En cualquier caso, no me quedaba otro remedio que ponerle solución al asunto.

Me acerqué con cuidado y, con la punta de los dedos, levanté uno de los jerséis de la bola de ropa para descubrir lo que fuera que había debajo.

Lo que vi entonces me hizo perder el equilibrio, y trastabillé hasta darme de bruces con mi cama. Solté un alarido y me llevé las manos a la espinilla, que había impactado directamente contra la esquina de una de las patas, y el bicho que había frente a mí se asustó y trató de volver a esconderse entre la ropa.

Sí, he dicho bien: he dicho «bicho». Lo que había frente a mí era un hombrecito que no medía más de un palmo, con una nariz desproporcionadamente grande y un ropaje de cuero que había visto ya.

Todavía en el suelo, me solté la pierna y me froté los ojos un par de veces para asegurarme que no mentían.

—Me tienes que estar vacilando —resoplé.

Lo conocía muy bien. Demasiado bien. Nunca olvido una cara, y menos cuando intentan robarme el reproductor de música. Esa cosa que tenía frente a mí era un galtxagorri.

¿Me habría vuelto loco? Miré a mi alrededor un par de veces más y ladeé la cabeza acercándome poco a poco al duende, que temblaba de la cabeza a los pies y rehuía mi mirada.

—No puede ser —dije, en voz alta—. No puedes ser un galtxagorri. No puedes... no. Es que no.

Frunció el ceño, como si no me entendiera. Yo acer-

33

qué mis dedos a él, convencido de que, en el momento en el que intentase tocarle, se desintegraría en el aire y yo me despertaría de golpe. Pero eso no ocurrió. En su lugar, toqué un bracito minúsculo y muy frío, y el pequeño duende me miró por fin directamente a los ojos.

No cabía duda. Ese galtxagorri era real. Era muy real. Y estaba allí, en mi mundo. ¡En mi cuarto!

—No puedes estar aquí. Tú vives en... —De pronto me di cuenta de lo que estaba a punto de decir y me sobresalté. Eché una ojeada rápida hacia la puerta para asegurarme de que nadie había subido las escaleras y después susurré—: Gaua. Vives en Gaua. ¿Cómo es posible que estés aquí?

Pero no le di tiempo a que pudiera responderme.

Un crujido de madera proveniente de la planta de abajo me paró el corazón e hizo que me pusiera de pie de un salto.

—¡Teo! —Era mi madre—. ¿Qué haces por ahí arriba?

—¡Voooy! —grité de vuelta, empezando a hacer una bola con toda la ropa y metiéndola a presión en el armario—. ¡N-no, no subas, ya bajo!

El duendecillo me dedicó una última mirada confusa antes de que le cerrase la puerta del armario en las narices.

Respiré un par de veces, intentando calmarme, antes de bajar de nuevo a la cena de Nochebuena.

No.

Esto no iba a pasarme a mí.

Ahora no.

Ya había tenido bastante con la discusión con mi padre. ¡¿Ahora además tenía que lidiar con esto?! Si es que además era imposible. ¡Imposible! Esos bichos no cruzaban el portal. ¡Solo los brujos menores de quince años cruzaban el portal! Seguramente, cuando volviera a subir a mi cuarto y abriera el armario, ese bicho ya ni siquiera estaría allí. Tenía que ser así. Desaparecería por arte de magia y punto, ¿no? ¡Puf! Y ya está. O ¿cómo si no se las había apañado para llegar hasta allí?

Mi madre me estaba esperando al final de la escalera.

—¿Estás bien, cariño? —me preguntó, y me revolvió el pelo con ternura—. Que no te lo lleves a la tremenda, ¿eh? Que ya sabes cómo es tu padre. Le pillas con el pie cambiado y delante de todos y...

—¿Qué? Ah, ¡sí, estoy bien! —dije, tal vez fingiendo un exceso de alegría dada la reciente discusión—. Necesitaba un rato para despejarme pero ya está, oye. No pasa nada.

—Ah. —Mi excusa pareció convencerla, pero de repente frunció el ceño—. ¡Pero si ni siquiera has traído el juego!

Me di una palmada en la frente, me reí de mi despiste y me tocó volver al desván.

Supongo que, aparte del hecho de que mi padre no mencionó más el asunto, el resto de la noche fue mejor. Y digo «supongo» porque yo no logré relajarme ni un solo minuto, pero estuvimos jugando todos un buen rato como si fuera una Nochebuena cualquiera, como si fuésemos la familia más normal del mundo, con sus discusiones de familia normal, y no hubiera nada más allá de eso por lo que alarmarse. Nada en absoluto. Nada excepto ese ruidito que de vez en cuando sonaba sobre el techo.

Lo cubrí con un carraspeo.

Clac clac clac.

Y otra vez.

Mi madre se incorporó un poco en el sofá.

—¿Habéis oído eso?

—¿El qué? —me apresuré, quizá demasiado enérgicamente—. Yo no he oído nada.

Al instante, la Amona me dirigió una mirada inquisidora y yo la evité como pude, rascándome la nuca y fijando los ojos en el tablero con exagerada concentración.

—Eso. —Mi madre señaló hacia arriba en el momento justo. Clac, clac—. Parecen como pisadas.

«Efectivamente, mamá. Pisadas diminutas.»

—Qué va —insistí.

—¿De verdad no lo oís?

—¡Ay, pues es verdad! —Esta vez la tía Blanca fue la que se irguió un poco en el asiento, presa de la curiosidad.

Por suerte para mí, la Amona salió a mi rescate, aunque no me quitó ojo.

—Eso son las cañerías —mintió—. Así andan todo el

día; con el frío se congelan y luego hacen un ruido insoportable. Si es que están muy viejas.

—Mamá, ¿y eso por qué no me lo dices? —se indignó mi padre—. Les echo luego un vistazo si quieres.

—Mañana, en todo caso. Esta noche no te apures, que estamos aquí en familia.

El alivio me hundió en el sofá, pero me duró poco. Para cuando me di cuenta, los ojos de Emma estaban clavados en mí y me analizaban a conciencia.

En serio. ¡¿Es que era imposible guardar un secreto en esa casa?!

—Oye, Teo —dijo, con una expresión tan neutral que daba hasta un poco de miedo—. ¿No me habías dicho que me ibas a enseñar las canciones del grupo ese que te gusta tanto?

Tragué saliva y asentí.

Por la determinación de su mirada, no parecía que tuviera opción de decirle que no.

—¡Pero que estamos jugando! —protestó mi madre.

—Será solo un momentito, ¿verdad Teo?

—Ajá.

Me dirigí hacia las escaleras, notando los dedos de Emma empujándome el codo. Cuando por fin subimos hasta una distancia en la que no podían vernos, me obligó a darme la vuelta y me miró muy seria.

—¿Y ahora qué has hecho?

Me llevé la mano al pecho, ofendido.

—¿Por qué presupones que yo tengo algo que ver?

—Teo.

—¿Es que siempre tengo que ser yo el que se mete en algún lío?

—¡Teo!

—¡Vale! ¡Shhh! ¡No grites! —Me llevé la mano a la nuca una vez más, pero finalmente me rendí y la acompañé a mi cuarto. Antes de abrir la puerta de mi armario, me aseguré de que Emma no fuera a armar un escándalo—: Prométeme que no vas a gritar.

—¿Por qué iba a-aAAAH? —Le tapé la boca.

—¡Te he dicho que no grites! —susurré, sin soltarla.

Ahí seguía el bicho, mirándonos intermitentemente a cada uno de los dos, con expresión asustada.

Emma se liberó de mi mano y me miró:

—¿Cómo se te ocurre traerlo hasta aquí?

—¡No he sido yo! ¡Ya estaba aquí! ¿Para qué iba a traerlo yo? ¿Como regalo de Navidad? Tú estás loca.

—¡Y yo qué sé! Déjame pensar. Es que no puede... ¡es que no puede ser!

—Ya, ya lo sé, no puede ser: se supone que no puede cruzar el portal, blablá. ¿Pues sabes qué? Sabes lo mismo que yo. He abierto mi armario y estaba ahí. Y no tengo ni idea de cómo ha llegado hasta aquí.

—¿Has probado a preguntárselo a él?

—Pues...

Lo cierto es que ni siquiera se me había ocurrido que supiese hablar.

Dejamos de mirarnos entre nosotros y nos dirigimos al montón de ropa, expectantes. Todavía medio cubierto por una bufanda, el galtxagorri tragó saliva y se frotó los brazos. Aún temblaba un poco cuando abrió la boca:

—¿Dónde estoy? —dijo.

Ay, madre.

—En el mundo de la luz —dijo Emma, con una serenidad sorprendente dadas las circunstancias—. Has cruzado el portal. ¿No lo recuerdas?

El duende negó con la cabeza casi de manera automática, pero después se encogió de hombros.

—Salté por un pozo...

—Pues ahí lo tienes —interrumpí, pero Emma me ordenó que me callase.

—Pero no solo yo —continuó—. Éramos muchos, todos saltaban y pensé... No sé, parecía divertido. Pero luego me asusté, ¡había muchas luces! Y empecé a correr y llegué aquí.

Siguió hablando, pero yo no podía escuchar nada más:

—Un segundo, un segundo. ¿Cómo que erais *muchos*? ¿A qué te refieres con «muchos»?

—¿Muchos galtxagorris? —me ayudó Emma, también alarmada, pero él parpadeó y negó despacio con la cabeza.

—Muchas criaturas —contestó.

Entonces sí que se me paró el corazón.

Criaturas.

Muchas criaturas.

Una parte de mí quería preguntar qué tipo de criaturas y otra, otra parte mucho mayor, quería zanjar la conversación, desearle buenas noches al bicho y cerrar la puerta del armario para siempre.

Pero antes de que Emma o yo pudiéramos decir nada, nos sorprendió una vocecita a nuestras espaldas.

—Alucino. —Desde el marco de la puerta, Ada miraba a nuestro nuevo compañero de cuarto con los ojos como platos.

Respiré hondo.

Estaba claro que íbamos a tener que hacer algo al respecto.

3

Emma

Lo de levantarme pronto y algo nerviosa el día de Navidad era algo normal.

Lo de que mis nervios no tuvieran nada que ver con los regalos... eso, ya no tanto.

La verdad es que creo que no conseguí pegar ojo en toda la noche y, cuando sonó el despertador, lo que menos tenía en la cabeza era la llegada del Olentzero. Por si no lo conoces... el Olentzero es un carbonero que se dice que habita en las montañas y que cada 24 de diciembre baja a colmar de regalos a los niños del País Vasco y Navarra. Cuánto hay de realidad y cuánto hay de leyenda es algo que desconozco, pero la imagen del carbonero, su enorme barriga, su boina y su pipa es algo que los niños de la zona esperamos tanto como la llegada de Papá Noel en otros sitios. En cualquier otro momento te habría dicho que eso era imposible pero, después de mi viaje a Gaua, cada vez tenía menos claros los límites de la realidad. Si hace unos años alguien me hubiera dicho que los duendes existían, le habría tomado por loco. Y, en cambio, teníamos uno bien cerquita: encerrado en el armario de la habitación de Teo.

Me tomé unos segundos para tratar de pensar. Aún no sabía cómo, pero habíamos conseguido sobrevivir a la cena de Nochebuena sin que nadie en nuestra familia se diera cuenta de lo que estaba pasando, pero no estaba muy segura de que pudiéramos guardar un secreto como este mucho más tiempo. Por suerte, nuestros padres se marcharían por la tarde, justo después de comer, y entonces podríamos ocuparnos de él. Pero... ¿hasta entonces?

—Ada —dije, impaciente—. Ada, despierta, ha sonado el despertador.

—Ya lo sé, yo también lo he oído.

La escuché revolverse entre las sábanas y encendí la luz de la mesilla.

—¿Has dormido algo?

—Puede que unos diez minutos.

—Sí, como yo. —Esperé unos instantes, con la mirada fija en el techo—. Deberíamos bajar, ¿no? Abrir los regalos y todo eso. Tenemos que aparentar la mayor normalidad posible.

Pero la puerta se abrió y Teo irrumpió en nuestra habitación antes de que Ada pudiera contestarme.

—Buenos días —dijo.

—¿Tú tampoco has dormido?

Me miró confuso.

—A pierna suelta —respondió.

Esta vez me incorporé de golpe en la cama.

—Me estás vacilando. Tienes un... ¡bicho! en tu cuarto. Durmiendo a tu lado. ¿Cómo has sido capaz de dormirte? Nosotras no hemos pegado ojo.

—¡Había cenado muchísimo, yo qué sé! Además, ¡shhh! No eres tú la que lo tiene ahí, jugando con tu ropa. ¿Vale? —Se llevó la mano al pecho, ofendido—. Bastante tengo con lo mío. Lo siento por tener el sueño profundo.

—Es que flipo contigo.

Ada nos miró a los dos y, acto seguido, puso los ojos en blanco.

—A ver —dijo, con menos paciencia de la que me habría gustado—. Tenemos cosas más importantes en las que pensar. Hay un galtxagorri en la habitación de Teo y tenemos que ocuparnos de él, pero no podemos mientras nuestros padres estén aquí.

—¿Y qué hacemos con la Amona?

—Hombre, a ella habrá que decírselo.

—¿Decirme qué?

Como en las películas, nuestra abuela apareció por la puerta en el momento menos indicado para hacerlo, con los brazos en jarra y una mirada inquisidora que nos dejó a los tres congelados en nuestro sitio y sin capacidad de reacción.

Nos miramos entre nosotros. Primero yo a Ada, que inmediatamente después miró a Teo, y luego nosotros dos... hasta que él alzó las manos en señal de derrota y dijo:

—No me dejéis a mí con esto, que se me da fatal.

Miré a la Amona y respiré profundamente. No parecía tener mucho sentido mentir a estas alturas, así que se lo conté todo y de inmediato sentí un inmenso alivio. Apoyó uno de sus brazos en el dosel de mi cama y, acto seguido, dejó caer el peso de su cuerpo y se sentó.

—Un galtxagorri —repitió mis palabras—. Aquí, en mi casa. ¿Estáis seguros de que era un galtxagorri?

Los tres asentimos, tras un breve momento de vacilación, más fruto del miedo a llevarle la contraria a nuestra abuela que por falta de seguridad. Los tres los habíamos visto en Gaua, ¿qué otra cosa podía ser?

—Si quieres verlo, vamos al cuarto de Teo. Sigue en el armario.

Pero la Amona negó.

—Vuestros padres todavía andan por aquí, no nos vamos a arriesgar. Escuchadme bien —dijo, y agarró mis manos con urgencia—. Es fundamental que vuestros padres no sepan nada de esto. Al menos de momento. ¿Lo entendéis? Bien. Quiero que me miréis atentamente: que vuestros padres sepan de todo esto es peligrosísimo. Cuanto menos sepan de Gaua...

—...más protegidos estarán, sí —repetí, con cansancio.

Era la misma frase que nos había repetido, una y otra

vez, durante todo el verano, y creía que nos había quedado más que claro. ¿No llevábamos desde entonces ocultándoles a nuestros padres el secreto más importante de nuestras vidas? No había sido nada fácil. Hasta entonces, la relación con mis padres siempre había sido fácil, fluida. Me encantaba ir con ellos a la montaña en Alemania, al río, a hacer deporte. No es que hablásemos de muchas cosas (no sé si había alguien en el mundo con quien hablase de cosas profundas o de mí misma, probablemente no), pero no nos hacía falta. A mi padre le encantaba preparar tarteras con un montón de comida, hacíamos deporte y después comíamos los tres juntos, sin preocupaciones. Y, en cambio, desde lo de Gaua... era como si, por primera vez, sí tuviera algo que decirles, algo importante, algo que verdaderamente quisiera contar... pero no pudiera hacerlo. De algún modo sentía que eso había abierto una barrera entre nosotros, y que ellos también se habían dado cuenta.

¿Pero cómo iba a decírselo? ¿Cómo, si eso implicaba ponerles en riesgo a ellos también? Ahora que sabíamos que toda una facción de brujos había rastreado a Ada y que sabían que era la única descendiente del linaje perdido, ahora que sabíamos lo que podían llegar a hacer por conseguir el poder de su sangre, que era la misma sangre que Gaueko... No, la Amona tenía razón. No podíamos poner en riesgo a nadie más de lo estrictamente necesario.

Como si la Amona supiera exactamente lo que estaba pensando, su expresión se relajó un poco.

—Bien —dijo—. Entonces habéis visto un galtxagorri aquí, en el mundo de la luz. Eso significa que ha cruzado el portal, y eso es imposible, a no ser...

—¿A no ser...?

—... que haya una grieta en el portal —completó, y miró fijamente a Ada—. La hubo, de eso estoy segura. La noche en la que te retuvieron en Gaua junto al pozo, hiciste algo que permitió que yo misma cruzase para buscaros.

—¿Y no se cerró sola? —preguntó, un poco horrorizada.

Podía entenderla. Había sido ella misma la que había formado aquella grieta. Con sus propias manos, esas que ahora mismo parecían tan pequeñitas como inofensivas. Ella sola había generado la explosión más grande que había visto en mi vida. Y, efectivamente, la Amona había conseguido atravesarla y llegar a Gaua, pese a que solo los brujos menores de quince años podían hacerlo. ¿Eso significaba que también podrían cruzar el resto de las criaturas?

La Amona tomó aire.

—Nunca antes había pasado, no podíamos haberlo adivinado —dijo—. Supuse que se cerraría sola, por inercia. Apenas parecía perceptible, tan solo era un pequeño destello de luz. La magia normalmente tiende al equilibrio, así es como el bosque se protege a sí mismo, de la misma manera que el agua siempre sigue el curso de un río. Es... es complicado de explicar, pero todos pensamos que se cerraría sin necesidad de la intervención humana.

Ada parecía verdaderamente afectada. Tragó saliva antes de hablar:

—Y... no se ha cerrado.

—Eso es lo que parece. Y si no se ha cerrado todavía es porque varias criaturas la han atravesado, probablemente abriéndola cada vez más.

—¡Entonces tenemos que avisar a Gaua! —sentencié yo.

—Me temo que no tenemos otra alternativa. —La Amona me dio la razón—. Nada me gustaría más que no tener que pediros algo así, pero no se me ocurre qué otra cosa podemos hacer. Hay que avisarles.

A mi lado, Ada abrió mucho los ojos.

—¿Vamos...? —empezó a decir, como si estuviese tratando de controlar la emoción—. ¿Estás diciendo que vamos a volver a Gaua?

Pero la Amona frunció el ceño. Claramente, ese no era el plan que tenía en la cabeza.

—Teo y Emma van a volver a Gaua —corrigió—. Y será solo temporalmente, el mínimo tiempo necesario para hablar con Nora y poner a todo el mundo al corriente de esta situación. Ni un minuto más. Lo harán esta misma tarde, en cuanto vuestros padres se marchen, y aprovecharán para devolver al galtxagorri al lugar al que pertenece.

Las mejillas de Ada empezaron a sonrojarse de pura rabia.

—¿Por qué yo no voy a ir? —gruñó.

¿En serio? ¿De verdad había que explicárselo?

La Amona se acercó a ella y la miró con una mezcla entre compasión y firmeza.

—Ada, esto no es negociable —dijo—. Tú no vas a volver a cruzar el portal. Es demasiado peligroso. Sabes que te están buscando. Ya te han identificado y saben quién eres, intuyen de lo que eres capaz. Si caes en las manos equivocadas, podrían hacerte daño. No lo permitiré.

Por un segundo, me pareció que iba a rebatírselo, o al menos a quejarse, pero terminó por cerrar los labios. Tenía que ser consciente, sin duda, de que no podía volver a Gaua. Bajo ningún concepto. ¿Y si daban con ella? O peor: ¿y si Gaueko descubría su existencia? Lo dijo Ximun, ¿no? Tarde o temprano la descubriría y entonces trataría de reclamarla.

Estaba loca si pensaba que íbamos a dejar que se enfrentase a semejante riesgo.

Una voz emergió de debajo de las escaleras. Era mi madre.

—¡Parece que ha venido el Olentzero!

Nos dirigimos todos una mirada rápida antes de precipitarnos hacia la puerta. Había que aparentar normalidad y, además... ¿quién dice que no a los regalos de Navidad?

Nuestros padres tardaron demasiado en irse a casa. Al menos, a mí la despedida me resultó eterna. Primero, claro, habíamos estado un rato abriendo y jugando con los regalos que nos había dejado el Olentzero. Yo había recibido las zapatillas que había pedido, y Ada una bicicleta nueva (azul oscura, con el manillar negro y unas franjas más claras en el sillín). Con respecto a Teo..., bueno, en general, no se le daba muy bien eso de fingir naturalidad, pero, por suerte para nosotras, al enfrentarse a los paquetes envueltos debajo de la chimenea había conseguido abstraerse hasta el punto en que creo que por un momento se le olvidó de verdad que tenía un duende en el armario de su cuarto. No me sorprendió demasiado; desde que llegó a casa de la Amona, no había parado de hablarnos de los auriculares inalámbricos que había pedido para escuchar música: el sonido envolvente, la cancelación de ruido y un montón de cosas técnicas que ni entendía ni me importaban lo más mínimo. Y ahí estaban, esperándole, como si el Olentzero hubiera sabido exactamente qué era lo que más feliz podía hacerle. Mientras tanto, su padre le observaba desenvolver el regalo desde lejos, con una expresión bastante difícil de descifrar.

Parecían seguir bastante tensos, y siguieron así durante la comida, y todo el rato hasta la despedida. También yo estaba empezando a inquietarme, observando que las horas pasaban y mis padres seguían allí, haciendo tiempo antes de marcharse del todo. Aún de camino al coche, parecían seguir en un bucle infinito de «portaos bien, ¿vale?», o «no le deis mucha guerra a la Amona» y «ayudadla en todo lo que os diga, ¿eh?, que esto no es un hotel» mientras yo les ayudaba a meter su equipaje en el maletero, agilizando la conversación sin hacer demasiados esfuerzos por ocultar mi impaciencia. A veces pienso que intuyen cuándo su presencia es especialmente molesta y la alargan hasta límites surrealistas, como si en el fondo disfrutasen de la sensación de sacarme de mis casillas.

Cuando por fin los coches desaparecieron por la carretera que abandonaba el pueblo, creo que los tres soltamos un suspiro de puro alivio. No volverían hasta Nochevieja, y eso nos dejaba un margen de más de cuatro días para actuar sin llamar su atención. No era mucho tiempo, pero era todo lo que teníamos.

Teo miró a la Amona, y después a nosotras dos.

—Pues habrá que marcharse, ¿no?

Y es que, efectivamente, no había tiempo que perder: el galtxagorri seguía encerrado en el armario de Teo y debíamos volver a Gaua cuanto antes. Si realmente decía la verdad, ya eran varias las criaturas mágicas que habían cruzado al mundo de la luz, y quién sabría cuántas más podrían estar intentándolo en cada minuto que perdiéramos.

Entramos deprisa en la casa y nos movimos con agilidad. En esta ocasión, sabíamos a dónde nos dirigíamos, por lo que podíamos prepararnos a conciencia. La Amona sacó un par de mochilas y nos metió dentro una serie de objetos que nos serían de mucha utilidad: ropa de abrigo, medias térmicas para el frío, un par de linternas que debíamos utilizar con discreción y solo en caso de emergencia (los objetos electrónicos estaban prohibidos en Gaua, como la Amona nos repitió una y otra vez), varias cajas de cerillas, un poco de dinero, un par de piezas de fruta para el camino y...

—Vuestros catalizadores —dijo la Amona, revisando el equipaje y la lista que había preparado en su cuaderno—. ¿Los tenéis a mano?

Teo y yo nos dirigimos una breve mirada cómplice. Del bolsillo de su chaqueta, mi primo pequeño sacó una flauta de madera. Yo solo tuve que mostrar brevemente la cadena de la que colgaba mi eguzkilore: no se había separado de mí en todos esos meses, y me acompañaba piel con piel allá donde iba.

La Amona estiró levemente la comisura de sus labios.

—Bien.

Solo entonces, con las mochilas cerradas, reparé en que Ada estaba apoyada en la pared, observándonos de brazos cruzados desde la otra punta de la habitación. Tengo que reconocer que, desde que descubrimos al galtxagorri, había estado tan concentrada en el peligro que corríamos todos y en cómo solucionar la situación que no me había parado a pensar en si ella podía sentir que la estábamos manteniendo al margen. Pero por la manera en la que miraba nuestras mochilas, sin moverse y arrugando los labios, no me cupo duda de que sí que estaba molesta. Pero ¿sabes qué?, decidí no prestarle mucha más atención. Tenía cosas más importantes que hacer que preocuparme por una rabieta infantil. La Amona había dejado claro que no había margen para la discusión: era demasiado peligroso. ¡Para ella y para todos! La última vez que habíamos estado en Gaua, la habían secuestrado y mantenido cautiva durante días, la habían obligado a utilizar su poder y quién sabe si incluso habían hecho que Gaueko reparase en su presencia. Por no hablar de que, si estábamos en esta situación, si había una grieta en el portal, era porque ella la había creado por un arrebato de magia desproporcionada. No, Ada podía enfadarse todo lo que quisiera, pero no iba a acompañarnos. Y si quería afrontarlo cruzándose de brazos y poniéndose de morros como una niña pequeña, yo no estaba dispuesta a seguirle el juego.

Una vez lo tuvimos todo preparado, caminamos sin dilación hacia el portal, acompañados de Ada, la Amona y el galtxagorri, que nos seguía algo asustado y sin decir una sola palabra. Tampoco nosotros hablábamos. Solo caminábamos, como autómatas, hasta que llegamos al pozo.

Según lo vi, contuve el aliento.

Despacio, vencí la distancia que me separaba de él y

acerqué mi mano. Entonces, la piedra fría entró en contacto con mis dedos temblorosos y me obligué a detenerme un segundo. Para respirar. O para mirar a mi alrededor una vez más, no lo sé. La cuestión es que sentí que debía parar un instante antes de continuar, sentir la humedad de la piedra entre los dedos. Desde que habíamos encontrado al galtxagorri, nos habíamos movido con tanta rapidez, con tanta determinación, que... supongo que no había llegado a comprender verdaderamente lo que estábamos a punto de hacer y todo lo que implicaría para mí. ¡Íbamos a volver a Gaua! A la oscuridad permanente, a todas esas criaturas de las que sabíamos tan poco, a las personas a las que conocimos allí, ¡a la magia!

Asomé ligeramente la cabeza por encima del pozo y la luz blanca del fondo me devolvió la mirada. Lo reconozco, me heló un poco la sangre.

Creo que ya no recordaba lo profunda que era la caída.

¿Llegaríamos a acostumbrarnos a esto algún día?

En esta ocasión, y a diferencia de cuando nos enfrentamos al pozo por primera vez, a Teo le faltó tiempo para sentarse sobre la piedra, con las piernas colgando hacia el vacío.

—¿Vamos, o qué? —dijo.

Tragué saliva antes de asentir, pero lo hice en un movimiento enérgico que no permitía margen para las dudas.

La Amona se inclinó hacia mí y me tendió al galtxagorri:

—Tened mucho cuidado —dijo, apretándome el hombro con suavidad.

Me coloqué preparada para saltar, agarrando con fuerza al duende para evitar que se escapara, aunque lo cierto es que el bicho se dejaba hacer, temblando como una hoja entre mis manos, y nos miraba indefenso a Teo y a mí. Eché un último vistazo a Ada antes de impulsarme, pero solo gruñó un «no la fastidiéis, ¿vale?» a modo de despedida. Así que puse los ojos en blanco, respiré hondo y salté.

Tampoco esta vez me libré del golpe en la cabeza. Creo que tardé unos segundos en abrir los ojos y, cuando lo hice, sentí un pinchazo que me hizo llevarme los dedos a la sien izquierda. Por suerte, no parecía que me hubiera tropezado contra ninguna piedra, aunque tenía que andarme con ojo la próxima vez. Si es que había una próxima vez, claro.

Traté de incorporarme con cuidado.

—Tiene que haber... una mejor manera de... —empecé a decir, pero se me cortó la respiración antes de que pudiera seguir hablando.

Me puse de pie del todo, con los ojos como platos. A nuestro alrededor, todo el bosque, tanto la hierba como las copas de los árboles y hasta el último rincón de las montañas, estaba cubierto por una espesa capa de nieve. Solo que no parecía nieve normal en absoluto. Esta nieve emitía un delicado brillo azulado que hacía que se iluminase en medio de una noche completamente oscura.

—Teo —dije—. Teo, mira.

Mi primo se frotó los ojos un par de veces, y yo tuve que contenerme para no hacer lo mismo. Me agaché para tocar la nieve y aplastarla con los dedos, comprobando su consistencia, y después me la llevé a los labios. Lo cierto es que se deshacía en mi boca, como era de esperar, y su sabor era perfectamente normal. Entonces, agachada como estaba, me fijé más detenidamente y descubrí a las responsables del efecto: un millar de luciérnagas que sobrevolaban la nieve formando círculos en el aire.

¡Claro, las luciérnagas! Ya no me acordaba de ellas. La anterior vez que estuvimos en Gaua, en verano, las vi brillando como un manto de estrellas sobre la hierba, pero el efecto no era nada comparable a lo que estaba sucediendo delante de mis ojos. La nieve reflejaba su luz como si fueran un millón de espejos, y desprendía destellos blancos y azulados que iluminaban el camino hacia el pueblo. Jamás había visto nada tan bonito en mi vida. Era algo hipnótico. Casi mágico. Aunque tal vez lo era, ¿no? Tal vez eso era, en el fondo, estuvieran o no involucradas las luciérnagas: la magia. Estaba por todas partes, esta vez no necesitaba que nadie me convenciera de que era así; podía notarla en el bosque, e incluso creciendo dentro de mí. Me recorrió un escalofrío. Casi había olvidado lo que sentía al tenerla tan cerca, acariciándome la piel, fundiéndose en el aire que llenaba mis pulmones.

No habría podido dejar de mirar la nieve durante horas, pero de pronto el galtxagorri me tiró del abrigo y, al sacarme de mi ensoñación, me reprendí a mí misma por haber olvidado que estábamos aquí para algo, que teníamos una misión que cumplir y muy poco tiempo que perder. Me clavó sus ojos grandes antes de hablar:

—¿Puedo irme?

—¡Claro! —Agité la cabeza—. Claro que puedes irte.

No se lo pensó dos veces. Antes de que me diera tiempo a decir nada más, la criatura empezó a correr, alejándose de nosotros y dejando el rastro de sus pequeñas pisadas en la nieve.

—Debemos ir al pueblo —le dije a Teo, que seguía tocando la nieve y alucinando con el espectáculo de luces—. Hay que encontrar a Nora.

Al ver que no me hacía mucho caso, tiré de su brazo y le obligué a seguirme. Pero ni aun así se le quitó la enorme sonrisa de la cara.

—¿Pero tú has visto eso? —me dijo—. ¡Es una pasada!

No respondí. Tampoco sé si esperaba que dijera algo. Me limité a caminar más deprisa.

—¿Crees que tendrá alguna propiedad... mágica?

—No tengo ni idea, Teo. Creo que es por las luciérnagas.

—Es una pasada —repitió, mirando a su alrededor, trotando por el camino con la felicidad de un cachorro. Soltó un pequeño grito, echando la cabeza hacia atrás y cerrando los ojos. Después se llevó las manos al bolsillo de su chaqueta, donde guardaba la flauta, y me miró—. En serio. No me digas que no la sientes.

No hizo falta que me dijera el qué.

¿Que si sentía la magia? Por supuesto que la sentía. Decir lo contrario habría sido mentir de una manera ridícula. ¿Siente el viento alguien que acaba de tirarse en paracaídas? La magia se había colado tan dentro de mí que me costaba respirar o pensar en cualquier otra cosa que no fuese en ella.

—Claro que sí —respondí, sencillamente.

Porque, pese a la fuerza de esa sensación, sí teníamos muchas cosas más importantes en las que pensar y debíamos apresurarnos.

Caminamos unos minutos, con los pies moviéndose pesados entre la espesa nieve, hasta que por fin llegamos a Irurita. Entorné los ojos. Incluso antes de entrar en su calle principal no tardé en darme cuenta de que todo estaba diferente. En medio de la oscuridad implacable de Gaua, el pueblo entero estaba iluminado por cientos de farolillos decorados con motivos festivos, un grupo de músicos tocaba y la gente se agolpaba en la plaza del mercado, ahora convertido en lugar de encuentro de puestos de dulces y chocolate caliente. El ambiente era impresionante, nada parecido a la última vez que estuvimos por aquí. Estuve a punto de perder a Teo por el camino, pero le arrastré al Ipurtargiak antes de que pudiera abandonarme por una manzana de caramelo.

Fue extraño volver a subir sus escaleras. Volver a encontrarnos frente a la puerta, con el escudo de la escuela. Era como volver a reencontrarme con un mundo que hacía unos minutos parecía producto de un sueño. Respiré hondo antes de golpear el portón, y esperé.

Dos segundos. Tres.

Cinco.

Nada.

Fruncí el ceño. Volví a golpear la puerta, pero obtuve el mismo resultado.

—No puede ser —dije—. ¿No hay nadie?

Miré a Teo. No quería dejarme llevar por la desesperación, pero era cierto que habíamos cruzado sin ningún otro tipo de plan que el de encontrar a los líderes y explicarles la situación. Si no estaban aquí, si no conseguíamos encontrarles, ¿qué se suponía que podíamos hacer?

Pero antes de que pudiera verbalizar cada una de mis preocupaciones y contagiar a Teo de mi desánimo, la puerta chirrió y se abrió apenas unos centímetros, los justos para que se asomaran un par de ojos azules que nos observaron de arriba abajo antes de hacerse muy, muy grandes.

—¡SOIS VOSOTROS!

Esta vez sí, la puerta se abrió de par en par y dejó ver a

Nagore, que se tapaba la boca con ambas manos. Yo tampoco pude reprimir el entusiasmo. ¡Era Nagore! Era ella de verdad. Probablemente, había sido nuestra única amiga en Gaua. Sin contar con... bueno, con Unax, supongo. Aunque es cierto que su familia nos traicionó y él participó de ello engañando a Ada, al final había reculado e incluso nos había ayudado a escapar. Sentí un leve cosquilleo en el estómago al pensar en él, pero me obligué a disipar ese pensamiento de mi cabeza. Frente a mí, Nagore seguía exactamente igual que siempre, aunque esta vez envuelta en un abrigo enorme.

—¡Nagore! —exclamé, pero Teo me derribó antes de que pudiera moverme y la estrechó con fuerza.

Por la cara de susto que puso, creo que la espontaneidad de mi primo la pilló un poco por sorpresa, pero no tardó en sonreír con la cabeza asomada entre sus brazos.

—Pero ¿qué estáis haciendo aquí? —preguntó, mirándonos a uno y otro—. ¡Pensaba que no volveríais!

Pero no nos dio tiempo a responder, sino que se zafó del abrazo muy rápido, súbitamente emocionada como si acabase de quitarle el envoltorio a un enorme regalo.

—¡Habéis venido al Baile de Invierno! —exclamó—. ¡Pues claro! Yo tampoco me lo habría perdido por nada del mundo.

Teo arqueó una ceja.

—¿Baile? ¿C-cómo que baile?

Nagore asintió, aunque ahora un poco confusa.

—El 26 de diciembre celebramos el Baile de Invierno. Es... una de las partes más importantes del Festival de Invierno —nos explicó, despacio—. Por eso estáis aquí, ¿no?

Festival de Invierno.

Suspiré.

Así que ese era el motivo del ambiente que había en todo el pueblo, de los puestos en la plaza del mercado, de los músicos... Unax nos había hablado de él. El día que nos conocimos, cuando nos orientó por el Ipurtargiak y nos contó esas historias en lo alto de la torre. «Es lo mejor de Gaua», nos había dicho.

—¿Es el Festival de Invierno? —exclamó Teo—. ¿En serio? ¡¿Ahora?!

Nagore asintió enérgicamente.

—¡Claro! ¿No habéis visto el pueblo? Hay carreras de trineo, toboganes de nieve, concursos de esculturas de hielo...

Pude ver cómo la sonrisa de Teo se ensanchaba con cada una de sus palabras, así que decidí interrumpirles.

—No hemos venido por eso, Nagore.

—¿Cómo?

—Tenemos un problema. Un problema bastante gordo. Y necesitamos encontrar a Nora.

Nagore nos miró sin entender nada.

—¿Un problema? —dijo—. ¿Es grave?

Negué con la cabeza.

—No. No lo sé. ¿Tal vez? —reculé, pero me mantuve

firme—. Escucha, quiero contártelo, pero creo... creo que deberíamos hablarlo primero con Nora.

Tras mirarnos unos segundos como si evaluase la situación, Nagore tragó saliva y asintió despacio. Después pareció caer en algo importante.

—Nora no está aquí —explicó—. Apenas hay nadie ya en el Ipurtargiak.

—¿Cómo? ¿Por qué?

—El Ipurtargiak está cerrado. Estamos de vacaciones, ¿no os acordáis?, aquí las clases paran durante los meses de diciembre y enero. Ahora mismo solo quedamos algunos alumnos, pero porque hemos venido a pasar unos días en el festival. Nora sí suele andar por aquí, pero es que justo ahora... ¡es que, de verdad, está todo el mundo en el Baile de Invierno!

Ante mi confusión, Nagore nos explicó en qué consistía:

—Es un acto muy importante. Se celebra en homenaje a Mari, se le entregan ofrendas para que nos ayude a sobrevivir al invierno, y después se baila toda la noche y... en fin, y lo presiden los tres líderes de los linajes. Estarán allí. Ellos y buena parte del valle, en general.

Un baile. Lo medité unos instantes. Habíamos conseguido esconder a un galtxagorri de nuestros padres, disimular hasta que se fueran, cruzar el portal y llegar hasta aquí para que ahora todo se viniera abajo por... ¡un baile! Desde luego, no contábamos con esto. No teníamos ningún plan B. Fijé la mirada en el suelo, frustrada, tratando de encontrar una solución.

—¿No podéis hablar con ella mañana? —sugirió Nagore.

Desde luego, parecía que era nuestra única opción, pero la idea de esperar un día... ¿Cuántas criaturas más podrían cruzar el portal en un solo día? Nosotros solo habíamos visto a un galtxagorri, pero si él tenía razón, habían sido muchos más. Y, a decir verdad, no teníamos ni idea de las consecuencias que eso podría tener. ¡Ni siquiera podíamos comunicarnos con nadie! Por lo que sabíamos, podrían estar todos en peligro: Ada, la Amona, y el pueblo al completo. ¡Eso si no llegaban más lejos! A saber cómo reaccionarían los humanos al encontrarse con esas criaturas. Tal vez intentaran hacerles daño, o las enjaularan, o empezaran a investigarlas, o...

Sacudí la cabeza.

—No puede ser, Nagore. Necesitamos verla ahora.

—¿Pero de verdad no podéis decirme qué es lo que está pasando?

Esta vez fue Teo quien me miró.

—Emma —me dijo—. ¡Es Nagore!

Me mordí el labio, pero terminé por acceder. Tampoco parecía que tuviéramos muchas más opciones. Se lo contamos todo, desde que la criatura apareció en el armario de Teo en Nochebuena hasta que llegamos a Irurita.

Nagore tuvo que apoyarse en el marco de la puerta para evitar caerse al suelo.

—¡Pero esto es muy grave! —dijo, tras unos segundos de silencio.

—Sí, ya te lo hemos dicho. —Miré de reojo antes de bajar la voz—. Por eso tenemos que encontrar a Nora. Y no creo que podamos esperar a mañana.

Frunció las cejas y asintió con vehemencia. Bien, al menos habíamos conseguido que fuera consciente de la urgencia de toda esta situación. Echando una última mirada hacia fuera, nos dejó pasar al Ipurtargiak y cerró la puerta detrás de nosotros. Nos quedamos en la sala principal. En verano estaba tan abarrotada de gente que me resultó extraño ver los sofás vacíos rodeando la chimenea.

—Bueno —dijo Nagore con los brazos en jarra—. Pues no os va a quedar otra que ir a buscar a Nora.

—Ahora —dije, por comprobar que la había entendido bien.

—Al baile —asintió, aunque después nos echó una ojeada de arriba abajo y levantó una ceja—. Pero así no podéis entrar, evidentemente.

Solo entonces reparé que, debajo del abrigo de Nagore, asomaba la falda de un vestido y unos zapatos brillantes. Me miré a mí después, en un acto reflejo, y comprobé mis botas de montaña sucias por la nieve, mis vaqueros desgastados y mi abrigo de plumas.

Me encogí de hombros.

—Venid conmigo. Seguro que puedo encontrar algo en las habitaciones.

Antes de que pudiera quejarme, Nagore tiró de mi brazo escaleras arriba. Nos llevó hasta su habitación y, sin que pudiéramos hacer nada por evitarlo, empezó a rebuscar en su maleta, su armario y el de sus compañeras. «Seguro que lo entienden, no pasa nada, es una emergencia», decía con la cabeza escondida entre las prendas.

—Nagore, nada de esto es necesario...

Su cara asomó detrás de un espantoso vestido de lentejuelas.

—¿Ah, no? ¿Y cómo crees que te dejarán entrar si vas vestida así?

—Diré que necesito hablar con Nora y que es urgente.

—Te dirán que esperes.

—¡Pero es que *es* urgente!

Nagore dio con una prenda que finalmente le llamó la atención, y la dobló en su brazo con una sonrisa, dispuesta a buscar unos zapatos que fueran acorde con el vestido. Se movía con tal agilidad que Teo y yo no podíamos sino observarla patidifusos, de pie junto a ella sin decir o hacer nada.

—El personal de seguridad no os dejará pasar si cree que buscáis problemas. Y por eso, tenéis que entrar... —dijo, agachándose hacia el fondo del armario y cogiendo un pantalón para Teo—...llamar la atención lo menos posible...—abrió dos o tres cajones hasta que dio con una camisa de su talla—...y hablar con ella discretamente.

Satisfecha, nos tendió la ropa a cada uno:

—Esto servirá.

—¡No pienso disfrazarme! —protesté.

Teo puso los ojos en blanco antes de mirarme fijamente.

—¿Quieres hablar con Nora o no?

A regañadientes, cogí el vestido de Nagore y lo desplegué para mirarlo. Teo se marchó a una habitación contigua y me quedé sola con ella.

—Venga, pruébatelo. Creo que es de tu talla.

Efectivamente, era de mi talla. Nagore me colocó frente al espejo y me ayudó a ajustar los cordones de la espalda para que la tela abrazase mi torso por completo. El vestido era azul cielo, liso, con apenas algún pequeño ornamento en los bordes de la falda y en las mangas, y caía holgado a partir de la cintura llegando prácticamente hasta el suelo. Giré mi cabeza, probando a moverme hacia los lados, sin estar del todo convencida del resultado.

No soy una persona que habitualmente lleve vestidos, así que comprenderás que sentía como si estuviese de incógnito, o disfrazada de alguien, como si fuese una espía. No es que no me viera bien, es que parecía que estuviera mirando a otra persona. Una chica con un cierto parecido a mí, sin duda, pero alguien que sencillamente no era yo.

Nagore, en cambio, me miraba con los ojos brillantes de emoción.

—Solo una cosa más —susurró y, sin considerar pedirme permiso, se puso de puntillas para retirar la goma de pelo que sujetaba mi coleta alta. Después, respiró hondo y comenzó a mover sus manos en el aire, dando pequeños golpecitos a la nada, aquí y allá. No comprendí qué hacía hasta que devolví la mirada al espejo y lo vi: ¡me estaba peinando con magia! Los mechones de mi pelo obedecían a los movimientos de sus dedos y se entrelazaban con una velocidad y sincronización alucinante, hasta formar una larga trenza que caía por mi espalda.

De pronto, se abrió la puerta y Teo entró en la habitación, engalanado con un traje negro y la camisa metida por dentro de los pantalones. Tuve que contener la risa. Él, en cambio, abrió la boca de par en par.

—Estás... —dijo, mirándome unos segundos de un lado al otro, como si tratase de buscar la palabra adecuada—... ¡guapa!

Lo dijo con tanta sorpresa que fue difícil tomármelo bien.

Cuando Nagore nos habló del Baile de Invierno, supongo que se le olvidó mencionar que tenía lugar en el interior de una cueva en medio del monte. Sin embargo, y superada mi sorpresa inicial, no nos costó demasiado llegar hasta allí, porque habían habilitado un servicio de transporte en trineos que nos dejó en la entrada. Según pusimos un pie en el suelo, nos recibió un hombre absolutamente vestido de negro que nos echó una ojeada. En su mano, llevaba un listado.

—Nombre y linaje.

Nagore se atusó el abrigo antes de contestar:

—Soy Nagore, Elemental. —Hizo una pausa y carraspeó—. Ellos son Teo y Emma. Sensitivos.

Me pareció que trataba de infundir seguridad, pero que ni ella tenía muy claro que nos fuese a dejar entrar. Al final, no éramos ciudadanos de Gaua como tal, y ni siquiera estudiábamos de manera regular en el Ipurtargiak. No teníamos ningún tipo de garantías de que nuestros nombres estuvieran allí, y todo nuestro intento por llamar la atención lo menos posible podía irse al garete en cualquier momento si se daba cuenta de que éramos dos intrusos. El hombre nos miró una vez más, a Teo y a mí, y de nuevo a su libreta, pasando las hojas. No parecía que encontrase nuestros nombres. Yo empecé a impacientarme.

De pronto, alzó las cejas, dibujó un par de rayas en su libreta y asintió en un movimiento leve pero definitivo: estábamos dentro.

Suspiré con alivio, aunque intenté que no se me notase, y empezamos a caminar hacia la entrada de la fiesta. Entonces, cuando vi su interior, sí que no pude reprimir el asombro. Los Elementales habían hecho un gran trabajo habilitando la cueva para el festival: todo, absolutamente todo, desde los muebles hasta la última cucharilla en la mesa de postres, estaba hecho de hielo. También el suelo estaba cubierto por una capa por la que todo el mundo parecía deslizarse, bailando grácilmente como si volasen sobre una pista de patinaje helada. En las paredes de la cueva, la nieve, las velas y las luciérnagas formaban un espectáculo de luces que iluminaba todo el interior.

Y lo más sorprendente es que, de algún modo, habían conseguido que no hiciera nada de frío. Pese a que objetivamente todo a nuestro alrededor estuviese congelado. Debía de tratarse de algún truco.

—Vamos a dejar aquí los abrigos —nos indicó Nagore.

Obedecimos sin rechistar, y seguí observándolo todo en silencio, abrumada ante aquello que ocurría a mi alrededor. Nagore nos lo había explicado en el trineo de camino al baile: el primer paso era realizar la ofrenda a Mari, y para ello ya tenía preparada una bolsa con flores secas, algo de trigo y algunos objetos que había preparado con sus propias manos.

—Mari es la responsable de todos los fenómenos atmosféricos de la Tierra. Si llueve, si hiela, si hay sequías... todo depende de ella. Por eso le rendimos el homenaje, le pedimos un invierno corto y clemente —nos explicó—.

Es superimportante seguir el protocolo: jamás puedes darle la espalda. Tienes que entrar de frente, darle un obsequio y caminar hacia atrás sin girarte. De lo contrario es una ofensa, ¿de acuerdo?

No parecía complicado, pero la posibilidad de ofender a la diosa por una simple torpeza me asustaba bastante, y más teniendo a Teo a mi lado. Le eché una ojeada para asegurarme de que lo había entendido bien, pero él puso los ojos en blanco y se hizo el ofendido.

—Lo he pillado, ¡lo he pillado! No darle la espalda a la diosa.

Seguimos a Nagore hacia la parte de la cueva donde se encontraba el altar. En el centro, habían colocado una imagen que representaba a Mari. Reconozco que encontrarme frente a frente con ella me impresionó un poco: era una mujer de complexión grande y mirada desafiante, como una fiera agazapada que te advirtiera de que en cualquier momento saltaría para defender a sus cachorros si lo considerase necesario. El pelo negro, cubierto de hojas, caía por su pecho y su ombligo, hundiéndose y confundiéndose con la tierra bajo sus pies.

Era imposible no sentir una profunda oleada de respeto, incluso miedo, al enfrentarse a esa mirada, así que me limité a agachar la cabeza, ayudar a Nagore a depositar su ofrenda en el altar, y caminar despacio hacia atrás, vigilando que Teo hiciese lo mismo.

—Da mal rollo, ¿eh? —me susurró.

—¡Teo! ¡Shhh!

—¿Crees que puede oírnos?

Nagore nos dedicó una leve sonrisa.

—Por supuesto que puede —dijo—. Otra cosa es que quiera hacerlo. Pero si hay un lugar para que Mari decida hacer acto de presencia, desde luego es este. Todo Gaua está pendiente de ella.

Abandonado su altar, era el momento de volver a la fiesta y enfrentarnos a la zona de baile. Respiré profundamente, tratando de controlar los nervios, pero ya habíamos perdido demasiado tiempo en protocolos absurdos y yo solo quería encontrar a Nora de una buena vez.

—¿Dónde estás? —murmuré para mí—. Tienes que estar en alguna parte.

Pero por mucho que recorriese la pista de hielo con la mirada, solo me encontraba con vestidos que giraban, parejas charlando animadamente entre baile y baile y músicos tocando instrumentos de cuerda y viento que juraría no haber visto hasta entonces.

—Mira —me sorprendió Nagore, señalando hacia uno de los rincones de la cueva, un poco más elevado, donde estaba Ane, líder de los Elementales. A su lado, una chica de unos dieciocho o diecinueve años, rubia y alta, observaba el centro de la pista con una expresión seria—. Allí suelen estar los líderes. Nora no está, pero no debería tardar en volver. Habrá ido a picar algo.

—¿Quién es ella?

Me refería a la chica joven, por supuesto. Ane le hablaba y ella asentía en silencio, sin mostrar ningún tipo de emoción.

—Es Uria. Es algo así como la representante del linaje de los Empáticos.

Miré de nuevo a Nagore, pero no hizo falta que dijera nada. Ella continuó su explicación:

—Después de que se descubrieran sus planes de destruir el portal, Ximun fue desterrado. Todo ocurrió tan deprisa que de pronto no tenían sucesor digno para ser líder del linaje. Sabes que eso es algo que tiene que escogerse por unanimidad y que la sangre no significa nada, pero es cierto que, desde el principio, los líderes de los Empáticos estaban en la familia de Ximun. Lo lógico habría sido que le sucediera Unax, pero con todo lo que pasó... no obtuvo los apoyos suficientes. El Concilio ya no se fiaba de su familia. Así que, en fin, se buscó en otras familias del valle y se recurrió a Uria, al menos temporalmente. Es una especie de sustituta hasta que se tome una decisión definitiva, aunque...

—¿Aunque?

—No sé, que todo apunta a que se terminará quedando con el puesto. Viene de otro valle, sí, pero de una familia de renombre. Ya sabes. Pura raza Empática, muy importantes, no sé. Tiene sentido. Es cierto que Uria es joven, pero no parece que lo tenga muy difícil.

Me quedé en silencio, y la pregunta que verdaderamente quería hacer murió en mi paladar. Aun así, una vez más Nagore pareció entenderme sin hablar.

—La familia de Unax ha perdido todo su estatus. Se ha quedado solo. No solo han desterrado a su familia, sino que ya no tiene un apellido al que aferrarse. Está lejos de ser el candidato favorito a liderar los Empáticos. Aunque nos ayudase, nadie olvida que estuvo implicado en el secuestro de vuestra prima. No se fían de él e incluso sus apoyos más cercanos le han dado la espalda. —Hizo una pausa—. No creo que esté siendo fácil.

Solté un resoplido y agité la cabeza.

—Deberíamos dividirnos —dije—. Teo, ¿te quedas aquí? Desde este lugar se ve bien todo. Yo buscaré por la zona de las mesas.

—Yo iré por allá —respondió Nagore, señalando la dirección contraria.

En el fondo, creo que necesitaba un momento sola, para no oír más palabrería sobre un linaje que me había decepcionado por completo.

La música envolvía la pista, retumbando entre las paredes de la cueva y llenando cada rincón. Caminé entre la gente, tratando de hacerme paso hacia una mesa con bebidas en la que se arremolinaba una gran cola de personas. Tal vez estuviera allí, en alguno de los grupos que hablaban en pequeños círculos, o tal vez desde ese ángulo al menos podría tener una visión más global y estar más atenta por si aparecía.

Eché una ojeada a la bebida. A juzgar por cómo soplaban sobre la taza los que la consumían, debía de estar caliente. Por un momento tuve curiosidad por probarla, pero, antes de que pudiera hacerlo, sentí una voz en mi nuca:

—¿Qué haces aquí?

Di un respingo.

Podía reconocer esa voz perfectamente sin necesidad de verle la cara.

Esperé un instante antes de girarme lentamente y, cuando lo hice, los ojos grises de Unax me devolvieron la mirada. Seguía igual. Tal vez estaba un poco más delgado. Quizá había algo más cansado en su expresión, o más serio. Pero seguía siendo Unax y sus ojos eran tan bonitos e inquietantes como la última vez que me habían mirado.

Tragué saliva, recordando de pronto que tenía la habilidad de leerme la mente. Traté de ocultar mis pensamientos, aunque tampoco tenía muy claro cómo se hacía algo así, ni si realmente podría llegar a esconderlos del todo cuando los sentía tan fuertes, como luchando por salir a la superficie en un completo descontrol.

Miré al suelo un segundo, tratando de recomponerme.

—Vaya un saludo —dije—. Yo también me alegro de verte.

No sé lo que esperaba al verle. ¿Una sonrisa? Tal vez algún gesto que me hiciera sentir que no había sido la única que había pensado tanto en él desde el verano, muchas más veces de las que me gustaría reconocer. Pero no, no había nada. Todo lo que veía en su expresión era algo parecido a la frialdad, como si de pronto nos separase un muro de hielo infranqueable, a juego con el resto de la decoración del baile. ¿A qué venía esto?

Unax me clavó los ojos.

—No estaríais aquí si no hubiera pasado algo.

Así que era eso. Todo lo que quería saber era qué hacíamos en Gaua, porque comprendía que tenía que haber un motivo grave detrás de todo ello. Por un momento, me sentí un poco tonta por haber pensado que reaccionaría de otra manera al verme después de tantos meses, después de estar a punto de... Bueno. Eso no habían sido imaginaciones mías, ¿verdad? En el bosque, el día que nos ayudó a rescatar a Ada de las garras de su propio padre, me dijo muchísimas cosas y, de no haber sido por la interrupción de mis primos, habría jurado que iba a besarme.

Sin embargo, parecía que poco quedaba de ese Unax. El chico que tenía frente a mí parecía preocupado, nervioso. ¿Cansado? Como si en vez de meses, hubiesen pasado años desde que le había visto la última vez. Quería saber qué hacíamos en Gaua, por supuesto, pero yo todavía no tenía del todo claro si podíamos fiarnos de él por completo. Al menos no lo suficiente como para darle una explicación y contarle que había una grieta en el portal. En las manos equivocadas, esa información podía utilizarse de una forma tremendamente peligrosa.

Pero mentirle tampoco parecía una opción muy razonable. Menos aún sabiendo que podía entrar y salir de mi cabeza como a él le viniera en gana.

—Tenemos que buscar a Nora —dije, como toda respuesta, concentrándome bien en que eso fuera todo cuanto pensase mi mente. Así es como se hacía, ¿no? Tenía que haber alguna manera de poner barreras en mi cabeza.

Unax arrugó la frente.

—¿Qué ha pasado?

—Debo hablar con Nora —insistí.

—Tengo que saberlo.

Negué con la cabeza.

—Ahora no —dije.

Por mucho que me muriera de ganas por hablar con él, por contárselo todo, y por preguntarle qué demonios le pasaba para estar así, no tenía tiempo para ninguna de todas esas cosas. Mi prioridad ahora mismo era encontrar a Nora y eso era exactamente lo que iba a hacer.

Me detuvo su mano en mi muñeca, frenando mi intento de marcharme y dejándonos a los dos hombro con hombro. Bajó su mirada hacia mí.

—Emma, tengo derecho a saber lo que está pasando.

Por un momento, descubrí en su mirada un destello de preocupación. ¿Tal vez hacia su padre? No lo había pensado así, pero Ximun había sido el auténtico responsable de la grieta, y todas las consecuencias que pudiera tener eso (como el hecho de que las criaturas estuviesen llegando al mundo de la luz) terminarían por caer también sobre sus hombros. Estuve a punto de ablandarme un poquito, pero entonces empecé a notar un leve cosquilleo en la sien, apenas perceptible. El problema es que yo ya lo había notado alguna vez y supe identificarlo. ¡Estaba intentando leerme la mente!

Solté mi mano de golpe, dolida.

Le dirigí una mirada severa antes de darle la espalda y alejarme de él, mezclándome de nuevo entre la gente. Por suerte, la indignación que hervía dentro de mí se disipó de golpe cuando descubrí a Nagore y Teo buscándome.

—¡La hemos encontrado! ¡Corre!

Efectivamente, Nora se encontraba hablando con Ane y la felicitaba por la decoración de este año. Nos acercamos a una distancia prudencial, buscando llamar su atención. No parecía buena idea contarle la situación delante de nadie más. Desde donde estábamos, podíamos escuchar su conversación. «Los Elementales os superáis cada año; es increíble la selección de materiales, la fuente de hielo es maravillosa», a lo que Ane respondía con cumplidos hacia los músicos Sensitivos y a su excelente sentido del gusto.

No teníamos tiempo para tanto piropo.

Me puse de puntillas y levanté la mano tratando que reparase en nosotros. Al principio lo hizo de reojo, pero después volvió a hacerlo. Aunque mantuvo su conversación, me pareció que se alarmó al vernos.

—Discúlpame un segundo, Ane, querida —dijo.

Después, caminó discretamente hacia un rincón y nos acercamos a ella.

—¿Qué hacéis aquí? —Forzó una sonrisa despreocupada, con la vista fija en el baile como si nuestra inesperada presencia no la perturbase en absoluto.

Se lo contamos todo entre susurros, intentando ordenar bien los sucesos para asegurarnos de que lo comprendía bien. Sin embargo, estábamos tan nerviosos que Teo y yo nos interrumpíamos continuamente. Ella, en cambio, mantuvo la calma y tomó un sorbo de su copa antes de hablar.

—Escuchad —dijo, con la vista todavía puesta en el fondo de la cueva, donde la gente bailaba ajena a todo—. No puedo permitir que cunda el pánico. No después de lo que pasó. No tenéis ni idea de lo difícil que ha sido recuperar la normalidad.

Me pareció entonces que, al decir las últimas palabras, miraba a alguien detrás de mí. Me giré por puro instinto. Entonces descubrí a Unax a nuestras espaldas. Nos había seguido. Genial. Así que lo había escuchado todo. No pretendía rendirse, ¿verdad?

Nora volvió a hablar:

—Hablaré con los líderes. Pero este es el momento menos indicado para hacerlo.

—¡Pero que están en nuestro mundo! —se quejó Teo, y le apreté la mano para que bajase la voz.

Nora arrugó las cejas.

—Soy muy consciente de la gravedad de la situación y os aseguro que le pondré remedio, tan pronto como me sea posible, pero debéis confiar en mí.

Ane, que probablemente nos llevaba observando un buen rato con curiosidad, se acercó a nosotros y nos saludó con un elegante movimiento de cabeza.

—¿Ocurre algo que deba saber? —dijo, sonriente, antes de llevarse la copa a los labios.

Yo agradecí profundamente que no fuera una Empática. Mis pensamientos estaban demasiado acelerados y desordenados como para poder tratar de moldearlos a mi antojo y generar una mentira creíble.

Para nuestra suerte, Nora sonrió con una sorprendente naturalidad.

—En absoluto, Ane —dijo—. Estos chicos venían a bailar.

Sin pedirnos permiso, Nora acompañó a sus palabras de un ligero movimiento de sus manos. Eso provocó una oleada de magia que nos arrastró a la pista de un empujón. La sorpresa me hizo ahogar un grito, pero no tuve siquiera tiempo para quejarme: según mis pies tocaron el suelo de la pista, mis zapatos se transformaron en una especie de calzado de hielo que se deslizaba como si fuera un patín.

Y frente a mí, apenas a unos escasos centímetros de distancia, Unax, mi pareja de baile, me miraba con los ojos muy abiertos y, aunque parecían algo incómodos, su mirada no vaciló ni se apartó de mí.

Respiré hondo, obligándome a pensar con claridad.

Miré a un lado. Nagore y Teo también habían sido víctimas de la maniobra de distracción de Nora y, tras encogerse de hombros, se habían cogido las manos dispuestos a seguirle la corriente.

Volví a mirar a Unax, pero esta vez dio un paso hacia atrás, alejándose ligeramente de mí, y clavó los ojos en el suelo. Me pareció que tensaba la mandíbula un instante, como si esto fuera lo último que le apetecía hacer en este mundo.

—No tenemos por qu- —comencé a decir, pero antes de que pudiera acabar la frase, Unax negó con la cabeza y me tendió la mano.

¿En serio? ¿De verdad era absolutamente necesario bailar? ¿No podíamos... NO SÉ, limitarnos a charlar disimuladamente, o desaparecer entre la multitud y ya está? Quise rechazarle, pero sentía los ojos de Nora fijos en mi espalda, así que apreté los labios, respiré y puse mi mano sobre la suya, a regañadientes.

Justo entonces, los primeros acordes de una canción empezaron a sonar y llenaron la pista, haciendo vibrar el hielo a nuestros pies. Nunca he tenido mucha idea de esto, pero por el ritmo me pareció que se trataba de una especie de vals. Todas las parejas a nuestro alrededor comenzaron a girar en el sentido de las agujas del reloj y, de pronto, la cueva de hielo pareció convertirse en una enorme caja de música. Las luces tintineaban en sus paredes, siguiendo el ritmo.

Todavía sin mirarme a los ojos, Unax envolvió mi cintura con su mano libre y la ligera presión de sus dedos me hizo moverme despacio. Le seguí, con torpeza, absolutamente convencida de que en cualquier momento iba a pisarle y haría el ridículo. Sin embargo, no lo hice. No le pisé. Nos movimos despacio, primero hacia la derecha, después hacia la izquierda, siguiendo el acompasado movimiento que marcaban todos los bailarines, que giraban sobre la pista como piezas de un gran ajedrez. Dejándome llevar por la inercia, apoyé mi otra mano sobre su hombro.

Era raro.

No incómodo. ¿O sí? Tal vez sí era incómodo. No lo sé. En cualquier caso, todo aquello hacía que me invadiera una sensación extrañísima: notar su hombro tensándose bajo mis dedos, movernos entre el hielo al compás de la música y las luces y, sobre todo, ser absolutamente consciente de que podía meterse en mi cabeza a su antojo, leyendo mis pensamientos como si fuera un libro abierto. ¿Estaría intentando hacerlo ahora mismo? ¿Estaría escuchándome? Tal vez esta vez yo no me diera ni cuenta. A lo mejor, ni siquiera podía evitarlo aunque lo hiciera.

Le dirigí una mirada rápida, pero sus ojos todavía estaban clavados en el suelo.

Y, en cambio, por un momento me pareció sentir una leve caricia de sus dedos en la espalda.

Tragué saliva.

La canción había terminado.

Los aplausos retumbaron en la cueva.

Y nos separamos.

4

Teo

Te prometo que yo no entendía nada. El mundo entero a punto de irse a pique, ¿vale?, un montón de criaturas inimaginables podían estar cruzando la grieta hacia nuestro mundo... ¡y nosotros, mientras tanto, bailando! ¡Como si nada! Y entre tanto, Nora y Ane daban vueltas por la cueva, caminando despacio, parloteando sobre la elección de la decoración, y alabando lo deliciosos que estaban los canapés.

A mí se me llevaban los demonios. Podía sentir la sangre hirviéndome en la nuca.

—Teo, ten paciencia —me había susurrado Nagore.

Yo de verdad que lo intenté. En serio. De hecho, primero bailé un par de canciones con ella y, al cabo de unos minutos, la multitud nos arrastró a una coreografía grupal en la que yo no tenía ni idea de lo que estaba haciendo, pero la gente se encadenaba y entrelazaba creando figuras en el hielo, que adivinábamos reflejadas en el techo de la cueva. También me crucé con Emma, que trataba de seguir los movimientos de los demás, envuelta en ese vestido tan... tan poco-Emma que le había prestado Nagore. Entre giro y giro, su falda ondeaba y ella me miraba inquieta, haciéndome saber que todo esto le hacía tan poca gracia como a mí. Por primera vez en nuestra vida, no necesitamos decirnos nada para entendernos.

«Ten paciencia», decía Nagore.

Pero eso era ridículo; ¿desde cuándo he tenido yo paciencia? Honestamente, lo único bueno de esa fiesta era la enorme fuente de chocolate, porque no solo era el mejor que había probado en mi vida, sino que parecía inagotable. Y con todo, ni siquiera zambullir mis manos en ella y chuparme los dedos había logrado calmarme. Ni eso, ni las múltiples explicaciones de Nagore sobre el resto de las actividades del Festival de Invierno.

—¡Hay un tobogán, Teo, que te va a flipar! —Mientras bailábamos otra canción, Nagore me hablaba de todas esas cosas con una sonrisa radiante, pero a mí me costaba prestar atención—. Este año, lo hemos puesto altísimo, ¡hay que subir el monte tras la iglesia! ¿Sabes cuál te digo? Ese tan alto de detrás. ¡Es una PASADA! Lo ponemos siempre los Elementales, el primer día, así es como inauguramos el festival, nos juntamos todos y hacemos magia a la vez, es superemocionante, y... ¿Teo? ¿Me estás escuchando?

Agité la cabeza.

Sí, lo hacía. Más o menos. Lo que pasaba es que también estaba procurando no perder de vista a Nora, y la seguía con la mirada intentando descubrir si realmente estaba buscando ayuda o si se limitaba a ser la anfitriona perfecta.

—Sí, perdona, el tobogán —respondí, vagamente.

Nagore suspiró.

—Mañana lo solucionarán, Teo, ya verás. No te preocupes tanto.

—¿Mañana? —exclamé, tal vez un poco más alto de lo que debería—. ¿Pero tú te estás oyendo? ¿Cómo no me voy a preocupar? ¡Que había un bicho en mi cuarto, Nagore! Qué digo un bicho. ¡Un GALTXAGORRI! ¡En mi cuarto! ¡A saber cuántos más han cruzado al mundo de la luz!

Según terminé de hablar, me di cuenta de que se había puesto súbitamente pálida.

Ladeé la cabeza, sin comprender por qué, hasta que me di cuenta de que los músicos habían dejado de tocar y la pista entera se había quedado en silencio, justo cuando yo había alzado la voz. Mi frase retumbaba en toda la cueva: «... han cruzado al mundo de la luz!», «.... ¡mundo de la luz!».

Un grito ahogado rompió el silencio sepulcral, y a él le siguieron los cuchicheos.

Oh, no.

Con el rabillo del ojo, distinguí a Emma dirigiéndome

una mirada enfurecida. Hacia el otro lado, la expresión de Nora no era muy diferente.

Vale, estaba claro que la había liado pero bien. Aunque, entre tú y yo, en aquel momento no era consciente de hasta qué punto.

Después, todo sucedió en cuestión de segundos. Los cuchicheos de toda la fiesta cesaron de golpe cuando el suelo comenzó a temblar. Un crujido bajo mis pies me sobresaltó y, por un momento, temí que todo el hielo sobre el que nos sosteníamos se resquebrajara por completo. Nagore chilló y me agarró del brazo para evitar caerse, y yo la sostuve como pude mientras la multitud se arremolinaba, agitada, frente a nosotros.

—¿Qué está pasando? —dije.

Como toda respuesta, Nagore señaló hacia delante, al escenario elevado donde se encontraban los músicos. Rodeada por un corrillo de gente alarmada, la nueva y joven líder de los Empáticos se retorcía sobre sí misma, con las manos recogidas alrededor de su vientre. No me dio tiempo a preguntar en voz alta qué le estaba ocurriendo, pero de algún modo supe que fuera lo que fuese lo que le estaba pasando, estaba relacionado con el temblor de la cueva y con el hecho de que el suelo estuviera a punto de romperse bajo nuestros pies. Su cuerpo se agitaba con violencia, sus hombros y espalda se convulsionaban como si fuese una hoja de papel delante de un ventilador. A su alrededor, la gente gritaba y la miraba con impotencia, aunque Nora comenzó a correr hasta llegar a ella, haciéndose paso entre la multitud pese al temblor, y trató de subirse para llegar a su altura y, supongo, tratar de ayudarla.

No obstante, no hizo falta. Sus convulsiones se detuvieron de golpe y, con los ojos cerrados, se irguió poco a poco hasta quedar completamente recta. Entonces abrió los párpados.

Esta vez fui yo el que ahogó un grito.

Sus ojos ya no eran sus ojos.

Había visto esto alguna vez: la anterior vez que estuve en Gaua, cuando fuimos a rescatar a Ada del grupo de brujos que la tenían secuestrada, Nagore se había acercado a mí con una expresión parecida, con esos ojos vacíos y carentes de vida. En aquel momento, terminó resultando que una bruja Empática la estaba hechizando, y controlaba su mente obligándola a hacer cosas que ella no quería hacer (como intentar matarme, entre otras cosas). Lo reconocí en la líder de los Empáticos y no me cupo duda. Uria no estaba frente a nosotros: ese era, sin duda, su mismo cuerpo espigado, pero quien había abierto los ojos, quien nos miraba a todos con un destello de amenaza en sus pupilas, ya no era ella.

¿Pero entonces quién era?

Unax avanzó entre la gente hasta quedar a mi altura. Pero no me miró. Interrumpió el silencio con la vista fija en la joven:

—Es Mari —dijo, con la voz ronca, e inmediatamente después, se agachó hasta ponerse de rodillas, con la cabeza agachada en señal de profundo respeto.

Un escalofrío me recorrió la espalda, y estoy convencido de que también lo sintieron todas y cada una de las personas de la cueva. Pronto todos comenzaron a imitar a Unax, sumidos en una mezcla de torpeza y estupor.

¡¿CÓMO QUE MARI?! ¿Mari, diosa de dioses?, ¿madre de todos?, ¿la diosa más poderosa de todo Gaua... estaba AQUÍ?!

¿Estábamos seguros de esto? Porque, de acuerdo, Unax era un Empático también, pero tal vez pensar que Mari no tenía nada mejor que hacer que pasarse por el Festival de Invierno era mucho presuponer.

Sin embargo, Nagore no me dejó tiempo para formular mis dudas en voz alta, y tiró de mí hasta dejarme con las rodillas en el hielo, como todos los demás. Fue entonces cuando me di cuenta de que, a los pies de Uria, habían comenzado a crecer dos grandes ramas de árbol que surcaban el hielo y se entrelazaban en sus piernas, alzándola en una especie de pedestal que la cubría de hojas.

Me obligué a devolver la mirada al suelo, con la respiración agitada. ¿Y si Unax tenía razón? ¿Realmente podía tratarse de Mari?

Y, lo que me preocupaba más: ¿la había invocado yo?

Tras unos segundos de inquietante silencio, la líder de los Empáticos abrió la boca. Y su voz no sonó humana en absoluto: emergió en la cueva, delicada y cristalina pero cortante, como si fuese un cuchillo de hielo afilado, y nos dejó a todos con el corazón en la garganta.

—¿Cómo osáis contradecir mi mandato? —Nadie dijo una sola palabra—. No importa cuántas ocasiones os dé para redimiros; parecéis decididos a poner a prueba mi paciencia. Habéis demostrado innumerables veces que no sois capaces de convivir con el mundo de la luz y, en cambio, repetís vuestros errores una y otra vez.

El silencio seguía siendo sepulcral. Alcé la mirada levemente, tratando de hacerlo con cuidado para que no se diera cuenta, y el breve contacto con la ira de los ojos de Uria (¿o de Mari?) me dejó sin respiración. Ella siguió hablando:

—Cerré ese portal por una razón, y así debe permanecer. Esa grieta no es más que un síntoma de vuestra desmedida codicia. Y no la toleraré de nuevo —sentenció. Aguardó unos instantes antes de continuar—: Os daré una última oportunidad de redención. Cerraréis el portal por vuestros propios medios. Encontraréis a cada una de las criaturas extraviadas en el mundo de la luz y la traeréis de vuelta al lugar donde pertenece.

Suspiré, inundado por una oleada de alivio, hasta que añadió:

—Tenéis hasta fin de año.

Esta vez, un leve murmullo comenzó a formarse a mi alrededor. «Eso es imposible», oí. Miré a Nagore, que me devolvió el gesto, estupefacta.

Efectivamente, es que era imposible. Faltaban cinco días. ¿Cómo íbamos a recuperar a todas las criaturas en cinco días? ¡Ni siquiera sabíamos cuántas habían cruzado! ¡Ni dónde estaban! ¡Ni teníamos idea de cómo cerrar un portal!

Un nuevo gruñido de Mari acabó con los susurros de la cueva.

—No fallaréis —exigió—. De lo contrario me veré obligada a cerrarlo yo misma, y os aseguro que no seré tan benévola como la última vez.

Tras la última palabra, Uria volvió a cerrar los ojos, al mismo tiempo que las ramas que la sostenían volvían a introducirse en el hielo y a desaparecer de entre nosotros. Se desplomó en medio de la gente, pero me pareció que un brujo lograba sostenerla, impidiendo que cayera de bruces contra el suelo.

No sé lo que pasó después.

No supe si Uria había vuelto en sí o si estaba inconsciente, ni si Nagore seguía a mi lado, ni dónde se había metido Emma. La gente se puso de pie y comenzó a gritar y a moverse errática, presa del pánico. El alboroto y el caos a nuestro alrededor me impedía ver ni comprender nada. El corazón me latía con tanta fuerza que podía escucharlo palpitando en mis orejas.

La mano de Nora en mi brazo fue lo único que consiguió arrancarme de mi letargo. No me dio opción a réplica, y tiró de mí, llevándome entre la gente con rapidez.

—Debéis marcharos —dijo.

Solo entonces reparé en que llevaba a Emma en su otro brazo.

Nos miramos brevemente, mientras Nora nos arrastraba con firmeza hacia la salida.

5

Ada

Once horas.
    Llevaban fuera once horas.
    Y no habían vuelto.

No tenía ni idea de dónde estaban. Ni de cuándo iban a volver. Ni de qué estaban haciendo.

Once horas.

De un manotazo, agarré mi bicicleta y la arrastré por las escaleras que bajaban de casa de la Amona. Eran las diez de la noche, así que estaba segura de que si se enteraba de que me escapaba a esas horas montaría en cólera y me recordaría todos esos motivos absurdos por los que salir de noche era una idea terrible.

Pero ¿qué era lo peor que me podía pasar? ¿Eh? ¿Qué? ¿Que me secuestrase un grupo de brujos? ¿Que intentasen obligarme a romper un portal? Porque todo eso ya me había pasado y, ¡sorpresa!, había sobrevivido.

Así que, por mucho que me esforzara, no lograba entender por qué Teo y Emma sí podían volver a Gaua y yo no. Hasta donde yo tenía entendido, la que había provocado esa explosión y había conseguido sacarnos a todos de aquel lío había sido yo. Yo sola. No Emma, ni Teo; yo.

Creo que había quedado más que claro que era capaz de defenderme por mí misma. No sabía mucho acerca de mi pasado, pero si todos estaban en lo cierto, por mis venas corría la sangre del dios de las Tinieblas. Eso tenía que significar algo, ¿no? Eso tenía que servir para algo más que para quedarme al margen. Por lo que sabíamos, ¡yo era más poderosa que cualquiera de ellos!

Pero no, claro. Seguían viendo lo mismo de siempre: la pequeña e indefensa Ada, la que solo tenía nueve años, la que es mejor que se quede a un lado mientras los primos mayores hacen todo el trabajo. Porque, ¿qué sentido tenía dejar que me acercara a la magia? La idea de que *yo* pudiera colaborar en poner una solución al asunto era ridícula, ¿verdad?

Me subí a la bici y empecé a pedalear.

Estaba harta.

Tanto que me daba igual que la Amona se diera cuenta de que me había marchado a dar una vuelta a esas horas, y no hice el esfuerzo habitual de ser sigilosa cuando me escapaba por las noches. Al contrario, comencé a pedalear justo delante de su casa, en un acto de rebeldía consciente. Por mí, podía enterarse y reñirme cuanto quisiera. En el fondo, tal vez incluso necesitase una excusa para gritar, para estallar y para dejarle claro que no necesitaba la protección de nadie. Que llevaba meses deseando volver a Gaua. Que no podía pensar en otra cosa. Que por primera vez en mi vida tenía respuestas sobre de dónde venía, y un mínimo vínculo con mi sangre, con mis antecesores, ¡incluso con mi madre! Que no podía respirar, ni comer, ni mucho menos concentrarme en algo que no fuera la posibilidad de saber algo más acerca de dónde venía. Incluso aunque eso supusiera aceptar que había una parte en mí que pertenecía al mundo de las Tinieblas.

Sí, de acuerdo, sabía que muchas de las cosas que pensaba eran muy difíciles de entender. Pero es que algunos pensamientos simplemente no tienen que tener sentido. Muchas veces deseamos algo que en el fondo sabemos que puede ser malo para nosotros, ¿no? Pero eso no quita que lo deseemos con todas nuestras fuerzas.

Y eso nadie lo entendía.

Ni la Amona.

Ni Teo.

Ni Emma.

Nadie.

Nadie me habría entendido si hubiera dicho algo de todo esto en voz alta, aunque tampoco es que se hubieran esforzado por preguntar. Llevaba meses sintiéndome distinta. Me sentía más cansada, más débil que nunca. Cuando el sol se filtraba por las ventanas de mi habitación, era como si me arrancara todas las fuerzas de golpe. No sabía qué me pasaba, pero tenía la absoluta certeza de que a nadie le importaría lo más mínimo.

Para cuando me di cuenta, mis pedaleos me habían llevado al bosque. Ni siquiera recuerdo haberlo hecho a propósito, pero encontrarme con el olor de la nieve deshaciéndose sobre la tierra me hizo sentir como si volviese a casa después de un viaje muy largo. Agotada, pero con una extraña sensación de calma. Como si mis músculos se desentumecieran.

Y eso que hacía frío.

Mucho frío.

Probablemente, la temperatura hubiera bajado a varios grados bajo cero, no lo sé. La nieve cubría toda la hierba y hasta las ramas más finas de los árboles, así que todo cuanto veía a mi alrededor era la luz de la luna reflejada sobre ese blanco impoluto, rompiendo la oscuridad.

Me sorbí la nariz, irritada por el frío, y me bajé de la bicicleta, apoyándola junto a un árbol.

Quería caminar.

Solo eso.

¿Puede alguien sentirse mejor en el bosque? Hay pocos lugares que generen más temor entre la gente. Las raíces sinuosas adivinándose entre la nieve, las sombras jugando en la noche, los animales escondidos, el crepitar de las ramas. Lo entendía, objetivamente daba miedo. Como todo aquello que no podemos controlar, ni medir, ni predecir. Nadie sabe lo que puede ocurrir en un rincón del bosque cuando no se mira.

Tampoco le había contado a nadie que últimamente soñaba todas las noches, un sueño que se repetía cada día, un sueño en el que corría por entre los árboles, rapidísimo, escondida entre las sombras como si fuese un animal y todo aquello (la hierba, la tierra entre los dedos) me perteneciese. Me despertaba agitada. Me pasaba siempre. Y cuando me descubría en mi habitación, entre cuatro paredes, la sensación me atosigaba tanto que quería gritar.

Eché una ojeada a mi alrededor y respiré profundamente, queriendo abarcarlo todo, buscando hincharme con todo el bosque dentro del pecho. Sonreí. Y cerré los ojos.

¿Cómo podía darle tanto miedo a la gente, si a mí era lo único que conseguía hacerme sentir... bien? Más libre. Más yo.

No tenía sentido. ¿O tal vez sí? ¿Sería por mi sangre de bruja?

Tragué saliva.

¿O sería por la sangre de Gaueko?

No podía quitarme la idea de la cabeza. Todos decían que era alguien malo. Que era un dios enormemente poderoso que despreciaba a los humanos, consumido por su deseo de venganza. Todos le odiaban y apuntaban a él como la causa del odio en Gaua, como el origen del mal.

Y, sin embargo...

Me miré las manos, que empezaban a enrojecerse. Observé las finas líneas azules de mis muñecas: era su sangre la que corría por mis venas.

¿Habría algo de todo eso en mí?

¿Cuánto de él había en mi interior? En mi manera de ver las cosas, en mi conexión con el bosque, en todos esos sueños en los que lo recorría cuando siempre era de noche.

Contuve el aliento. Un sutil calambre había recorrido mis manos, comenzando por las palmas y deslizándose por las yemas de los dedos. Habría podido jurar que era a causa del frío de no ser porque me ardían.

Y porque ya había sentido algo parecido.

Una vez.

El corazón comenzó a latirme con más fuerza.

¿Podía tratarse de magia?

No podía ser, era imposible. No a este lado del portal. No funcionaba así.

¿Verdad?

6

Emma

Pasamos esa primera noche en el Ipurtargiak, en el mismo dormitorio que Nagore. Lo tenía lleno de objetos, de pilas de libros sobre criaturas mágicas de Gaua que juraría no haber leído en mi vida, de amuletos con formas extrañísimas y figuritas del valle que por lo visto le gustaba coleccionar. A mí tanto desorden me ponía un poco de los nervios, pero ella sorteaba los bultos con despreocupación y rebuscaba entre las cajas como si no le importase no tener ni idea de dónde estaban sus cosas.

Recorrí ese dormitorio con la mirada cientos de veces. Los pósters en sus paredes sujetos con una cinta adhesiva de colores, las sábanas con dibujos de unicornios y las pegatinas de estrellitas en el somier de la litera superior, justo encima de mí.

No podía dormir.

Después de que Mari irrumpiera en el Baile de Invierno, Nora nos había sacado de allí y nos había obligado a refugiarnos en el instituto hasta que tuviéramos más noticias, pero, por lo que supimos, el resto de los invitados no tardó en abandonar la cueva. Desalojaron el recinto y se acabó la música, el baile y la comida. La grieta en el portal era un asunto demasiado grave como para continuar la celebración.

Para cuando llamaron a la puerta por la mañana, apenas había dormido un par de horas.

Me levanté como pude y, todavía frotándome los ojos, fui a abrir. Una chica de último curso asomó la cabeza y escudriñó la habitación con los ojos muy despiertos.

—Vestíos —dijo.

—¿Qué?

Teo y Nagore todavía respiraban profundamente, adormilados en sus camas.

—Hay una junta urgente en el Concilio. Nos han convocado a todos.

—¿A nosotros también?

—Todos los menores de quince años. Sensitivos, Empáticos, Elementales, da igual. Todos. ¡Venga!

No me dedicó un segundo más de su tiempo, y desapareció por el pasillo girando rápidamente y haciendo volar su coleta. No teníamos tiempo que perder.

Cuando llegamos al Palacio del Concilio, en Elizondo, toda la plaza que lo rodeaba estaba tan llena de gente que no cabía un alfiler. El miedo vibraba en el aire, colándose entre los corrillos de la gente, que murmuraban en voz baja agolpándose en el pórtico que daba acceso a la sala en la que iba a comenzar la junta del Concilio de Brujos.

Nos hicimos paso entre los grupos de adultos que esperaban fuera y entramos en la sala, quedándonos en las filas de atrás, escondidos entre el gentío. Había mucha, muchísima gente, y frente a todos, los tres líderes permanecían sentados en unas butacas altas, subidos a una tarima de madera que los elevaba del resto de nosotros y les hacía parecer un tribunal.

Los murmullos se incrementaban.

—Escuchad. —La voz de Ane, líder de los Elementales, retumbó en la sala y la multitud enmudeció—. Antes que nada queremos agradeceros vuestra disposición. Os hemos convocado aquí, a todos los jóvenes menores de quince años del valle del Baztán y de otros valles cercanos. Supongo que os preguntaréis por qué os hemos reunido aquí con tanta premura, y no queremos haceros esperar.

Esta vez, fue Nora quien alzó la voz:

—Sé que muchos habéis oído los rumores, así que antes de que sigan propagándose y haya malentendidos, debéis escucharlo de nosotros. Efectivamente, hay una grieta en el portal, y algunas criaturas han comenzado a atravesarla hacia el mundo de la luz.

La sala entera estalló, entre los gritos ahogados de algunos y los cuchicheos de otros, pero Ane volvió a hacerles callar de un solo gesto.

—Ayer Mari hizo acto de presencia en el Baile de Invierno. Nos habló a todos a través de Uria y nos encomendó una misión muy clara: debemos traer a todas las criaturas de vuelta e inmediatamente después debemos cerrar el portal. Tenemos hasta fin de año.

Entre el bisbiseo de todos, surgían muchas dudas. «¿Qué pasará si no lo conseguimos? ¿Nos ha amenazado? ¿Qué nos hará si no llegamos a tiempo?»

Pero Ane no atendió a los comentarios, y alzó una mano para indicarnos que no había concluido su discurso.

—Sabéis de sobra que solo los menores de quince años pueden atravesar el portal libremente, así que requerimos vuestra colaboración en esta tarea. Formaremos distintas brigadas de brujos voluntarios, dispuestos a cruzar al otro lado para encontrar las criaturas perdidas y traerlas de vuelta a su hogar. Mientras tanto, los adultos nos prepararemos para cerrar el portal por completo, aunque para esto necesitaremos la ayuda de los brujos que residan de manera permanente en el mundo de la luz.

Mi mente se dirigió automáticamente a mi familia. Había que avisarla de todo esto: ¿cuántos brujos más vivían en el mundo de la luz, como la Amona, como nuestros padres, renunciando por completo a sus poderes? ¿Cómo iban a ayudarnos ahora? ¿Sabrían que eran brujos? Por lo pronto, mis padres ni siquiera lo sabían.

—Gracias a la grieta del portal, los brujos que crucéis podréis hacer uso de vuestra magia incluso en el mundo de la luz, si bien estará atenuada, por lo que notaréis sus efectos más débiles, y deberéis apoyaros los unos en los otros para enfrentaros a las criaturas —continuó Ane, y acto seguido apretó los labios hasta formar una fina línea—. Somos muy conscientes de los peligros de esta misión, pero no podemos pedirle esto a nadie más. Aunque se estén cometiendo infracciones, solo vosotros podéis atravesar el portal sin violar las normas de Mari, por lo que sois nuestra única esperanza. No obstante, no podemos pediros que hagáis algo así por obligación. Así que pediremos voluntarios para liderar las brigadas.

Nora le dirigió una mirada rápida e inmediatamente se dirigió a todos nosotros:

—Aquellas personas que deseen liderar un equipo para llevar a cabo esta misión, con todas las consecuencias que ello pueda acarrear, que den un paso al frente. Este es el momento.

Al principio, solo hubo silencio y todos se miraban con el rabillo del ojo, como si estuviesen paralizados o tuvieran demasiado miedo para moverse. No podía culparles: muchos de ellos apenas habrían conocido el mundo de la luz. Quizá un par de días, como nos advirtió Nagore, aquellos que querían ver lo que había al otro lado antes de la Gran Decisión pero, para muchos, Gaua era todo cuanto conocían. Y, además, por el momento, no teníamos ni idea de qué criaturas habían cruzado ni a qué peligros nos exponíamos. Tanto Teo como yo nos quedamos inmóviles, igual que los demás.

De pronto, un chico que estaba situado en las primeras filas dio un paso al frente y, tras un breve desconcierto inicial, se oyeron los primeros aplausos tímidos.

—Mikel Gómez —dijo, con seguridad.

Ane asintió y, antes de que pudiera decir nada, un nuevo brujo se presentó voluntario. Y a él le siguió otro, y otro más, hasta que llegó un punto en que los aplausos rebotaban en las paredes de la sala. Por el estruendoso júbilo de la gente y la mirada llena de admiración que profería Nagore, no me cabía duda de que esos chicos debían de ser importantes.

—¿Quiénes son? —murmuré.

Sin dejar de aplaudir, Nagore confirmó mis sospechas. Algunos pertenecían a familias que siempre se habían disputado el liderazgo de su linaje. Otros eran importantes comerciantes, vencedores deportivos o, algunos, sencillamente los alumnos más brillantes de su clase.

—¿Ves a esas dos? —me dijo, señalando a dos hermanas gemelas que daban el paso a la vez hacia el tribunal—. Solo tienen nueve años, y han avanzado tantos cursos que podrían haber acabado el instituto. Su inteligencia es descomunal.

Habían sido muchos los que se habían presentado, muchos más de los que yo podía imaginarme. Y, en cambio, Nora seguía mirando entre el público, tal vez esperando a alguien más.

Y entonces, de repente, la voz de Unax sonó justo a mis espaldas.

—Me ofrezco voluntario.

Después de un incómodo silencio, tan espeso que casi podría tocarse con los dedos, todos estallaron en susurros. Me giré para mirarle. Estaba detrás de mí, con la espalda pegada a la pared, al fondo de la sala. Pero a mí no me miró. Tenía la vista fija en Nora, y la mantenía con una determinación demoledora, pese a que la gente le observaba como si fuese un bicho raro y su simple ofrecimiento fuese un insulto para todos. Incluso los líderes se dirigieron una mirada rápida entre sí antes de observarle con detenimiento.

—¿Estás seguro? —dijo Ane, inclinando la cabeza—. Medita bien tus palabras. Comprometerse a una tarea de este calibre acarrea una enorme responsabilidad. Fallar al consejo constituye una falta grave y conoces de sobra el castigo.

La gente seguía murmurando.

No hacía falta ser muy listo para darse cuenta de lo que significaban esas palabras.

Sus padres. Claro.

Unax tragó saliva, pero no bajó la cabeza.

En su lugar, se hizo paso entre la gente y caminó hacia ellos.

Siguió hablando:

—Sé que no confiáis en mí por lo que ha hecho mi familia —dijo. Sus palabras cayeron como una pesada losa en medio de la sala. Por las caras que vi entre la gente, me pareció que era algo que no solía mencionar habitualmente. Algo que había llevado consigo, guardándolo dentro sin atreverse a hacer comentarios públicamente—. Lo sé. Pero me han entrenado toda mi vida para liderar. Es lo único que sé hacer.

Se detuvo y frunció el ceño antes de continuar:

—Además, soy Empático: puedo dar órdenes más rápido que nadie, sin desvelar mi posición ni comprometer la seguridad de mis compañeros. Así que si encontráis a alguien más capacitado para el puesto, adelante, pero, por lo que veo..., creo que es evidente que me necesitáis.

Su soberbia no sentó demasiado bien. Algunos resoplaron y pude observar que Uria, la actual líder de los Empáticos, tensaba la mandíbula como si lo advirtiese como un desafío. También yo apreté los labios. ¿Cómo podía ser tan... tan...? ¡Arrogante! No podía creer que alguien en una situación como la suya todavía se arriesgase a ganarse unos cuantos enemigos. ¿En qué demonios estaba pensando?

Y, sin embargo, para mi sorpresa, pareció que sus palabras daban resultado. Nora parpadeó lentamente y musitó un «muy bien» que alentó a Unax a caminar hasta reunirse con el resto de los líderes de brigada. En su recorrido hacia allí, su mirada se cruzó con la de la nueva líder. Fue un gesto rápido, apenas perceptible, que no pudo durar más de dos segundos, pero estaba cargado de tensión. Como si fuesen dos felinos midiéndose las fuerzas y esperando el momento perfecto para atacar.

Nora volvió a hablar.

—Todo aquel que quiera colaborar y seguir a estos líderes en sus brigadas, que dé un paso al frente. Los demás son libres de marcharse.

Inmediatamente, muchos a mi alrededor comenzaron a marcharse. Les observé, sorprendida. ¿De verdad pensaban marcharse, así sin más? Me di cuenta de que muchos miraban a Unax mientras lo hacían, haciendo esfuerzos evidentes para dejar clara la razón de su huida: se marchaban por él, porque no se fiaban de él. Porque no querían participar en un movimiento que implicase obedecer sus órdenes o aceptar su liderazgo.

Y lo cierto es que... ¿quién podía culparles? Tampoco yo sabía si debíamos fiarnos de él, después de todo. Y, desde luego, su prepotencia no le estaba ayudando nada.

Nagore, en cambio, dio un paso al frente, firme y decidido.

Teo también la siguió, sin pestañear.

¿Y qué debía hacer yo?

¿Me fiaba de él?

Aquella noche nos ayudó a escapar. Eso era verdad. Pero todas las cosas que dijo antes... todas las veces que me leyó la mente a su antojo... ¿Cómo sabía que me había dicho la verdad? Nos había mentido demasiadas veces, y se le daba tan bien que... ¿podríamos de verdad estar seguros bajo su mando?

Teo me observaba con el rabillo del ojo, empezando a impacientarse.

Reprimí un gruñido de disgusto y di ese paso hacia delante, asegurándome de mantener la vista fija en el suelo para no enfrentarme a su reacción. Porque si estaba dando ese paso al frente era porque esta era una decisión que había tomado desde el momento en que había vuelto a traspasar el portal: no nos íbamos a quedar de brazos cruzados. Por mucho que me diese rabia tener que dar mi brazo a torcer y ponerme en manos de Unax.

Fuimos unos cuantos más.

Al principio tímidamente, y después con algo más de seguridad. Pero lo cierto es que la mayor parte de los que estábamos allí se habían ido. Nora nos miró a todos, recorriendo la sala con unos ojos que desvelaban tal vez un pequeño destello de tristeza.

—Gracias, gracias a todos. Gracias por vuestro arrojo y valentía. Somos muy conscientes de que no es una decisión fácil, y estaremos eternamente en deuda con vosotros por este acto de fe —dijo, con solemnidad—. Os dividiremos en distintas brigadas, teniendo en cuenta vuestras habilidades y destrezas, para tratar de generar los mejores equipos posibles y protegeros de cuantos peligros os encontréis en vuestro camino. Os informaremos en breve de vuestro cometido. Ahora marchaos. Tenemos mucho trabajo por delante.

7

Teo

A partir de ese momento, sentí que los días comenzaban a pasar más deprisa. Nora tenía razón cuando nos prometió que no tardarían en publicar las listas: esa misma tarde, apenas unas horas después de que Unax se pusiera a sí mismo en evidencia proponiéndose como voluntario para liderar una brigada, una hoja colgaba del portón de madera del Palacio del Concilio. Cuando la pusieron, Nagore, Emma y yo estábamos todavía en Elizondo, esperando sentados en un banco junto al río, hablando de todo lo que había ocurrido en la sala. Nos dimos cuenta de que algo pasaba cuando vimos a un grupo de jóvenes corriendo por las calles. Nos miramos rápidamente y les seguimos. Tal y como imaginábamos, iban en dirección al Palacio del Concilio y se arremolinaban alrededor de la puerta.

—¡Son las listas! —chilló Nagore—. Las listas de las brigadas, ¡corred!

—¿Tan pronto? —pregunté, pero pronto me di cuenta de que Nagore no me había oído. Antes de que hubiera terminado mi pregunta, se había zambullido en medio de la multitud y se hacía paso entre la gente, serpenteando y esquivando brazos y piernas hasta que, en el fondo, vimos emerger una cabecita rubia junto a la puerta.

Esperó unos instantes, buscando nuestros nombres con la mirada rápida, hasta que la vimos dar un pequeño brinco y girarse hacia nosotros.

—¡Teo! —gritó, y saltó un par de veces más, alzando los brazos—. ¡Teo, que nos ha tocado juntos!

No me esforcé por reprimir la mezcla de alegría y alivio que me invadió ante la noticia. Había visto a Nagore en acción y era perfectamente consciente de lo que era capaz. Su relación con la magia era algo tan natural para ella que, vista desde fuera, nadie sería capaz de adivinar que un torrente de aire semejante pudiera venir de una chica tan pequeña, tan aparentemente delicada como ella. Y, en cambio, te aseguro que podría formar un vendaval con un ligero movimiento de su dedo meñique. Contar con su habilidad en mi equipo era algo que podría sacarme de más de un apuro, como ya lo hizo aquella vez en el bosque, cuando me salvó de las garras de aquel estúpido y enorme gentil que me robó el reproductor de música.

Nagore consiguió salir de entre la multitud y volver hacia nosotros, con una sonrisa satisfecha.

—¿Con quién más vamos? —pregunté impaciente.

—Itziar y Enea —dijo, y su gesto se torció un poco.

—¿Y esas son...?

—¿Recuerdas las gemelas Empáticas que vimos ayer? Pues son las líderes de nuestra brigada.

—¿Las que caminaban a la vez?

—No es lo único que hacen a la vez —añadió—. Recuerda que son Empáticas; están conectadas mentalmente, por lo que la una sabe perfectamente lo que piensa la otra en todo momento. Lo hacen todo a la vez, van a todas partes juntas, la una termina las frases a la otra, ¡me saca de quicio! Algunos creen que incluso comparten la mente y, en fin, no es descabellado: es difícil tener una conexión tan intensa con alguien y no terminar convirtiéndote en... una especie de mitad de un todo.

Infinidad de preguntas sin orden ni concierto golpeaban mi cabeza: ¿también podrían las dos leerme a mí la mente?, ¿no eran demasiado pequeñas para liderar una brigada?, ¿de verdad tenían tanto poder como para estar capacitadas?, ¿qué más podrían hacer?, ¿y si estando juntas su poder se duplicaba de alguna forma y podían controlarnos mentalmente, o algo así? Porque, ¡bueno!, yo si tuviera un hermano gemelo con el que pudiera hablar sin necesidad de hacerlo en voz alta, a estas alturas probablemente habríamos configurado un plan perfecto para dominar el mundo, y nadie se hubiera enterado de nada. ¿Cómo podíamos estar seguros de que eran de fiar? Parpadeé un par de veces, tratando de ordenar mis pensamientos, pero al final supongo que mi boca exteriorizó lo que resumía todas mis preocupaciones:

—Qué mal rollo.

Nagore agitó la cabeza, como quitándole importancia al asunto.

—Son inofensivas —dijo, aunque no me pareció que lo dijera con excesiva convicción—. No las cabrees y estaremos bien.

No cabrearlas, entendido. Aunque quizá la siguiente pregunta debía ser: ¿y cómo hago para no cabrearlas? Porque desde que hacía unos meses había puesto mi primer pie en Gaua, que yo recordara ya había cabreado a un par de galtxagorris, a una mujer con pies de pájaro, a un gigante, a un grupo de brujos rebeldes que querían romper el portal, a Emma más veces de las que podría enumerar y... Bueno, que no creo que lo de no cabrear a la gente fuese una de mis mayores fortalezas. Ni siquiera tenía muy claro cómo se hacía.

A mi lado, mi prima arrugó la frente.

—¿Y yo? ¿No estoy en vuestro grupo?

Nagore se encogió de hombros y forzó una sonrisa que le salió fatal. Algo iba mal.

—¿Qué pasa? —masculló Emma.

—Estás en otro grupo.

—Ya. ¿Y? ¿Has visto con quién?

—Sí. Sois solo tres. Uno se llama Arkaitz y es un alumno de último curso, Elemental. Dicen que es simpático, no lo sé, no he hablado mucho con él, pero le he visto en los recreos y es bastante bueno, así que os vendrá bien contar con él. Creo que su elemento era el fuego, ¿lo era?, ahora de repente no estoy segura, pero juraría que sí. A ver, no es mi elemento favorito, ¡y menos en un bosque!, porque hay que extremar las precauciones y eso podría limitaros la actuación, claro, pero no cabe duda de que es un elemento tremendamente poderoso para defenderos, así que puedes sentirte totalmente segura en ese sentido, porque ninguna criatura se atreverá a atacaros si... si ve... —La voz de Nagore se apagó de golpe hasta que dejó de hablar por completo. Emma se había cruzado de brazos y la miraba haciendo alarde de su escasa paciencia. No hacía falta ser muy listo para darse cuenta de que Nagore llevaba un buen rato dando rodeos. Había una segunda persona en ese equipo y, fuera quien fuera, a Emma no le iba a gustar. Nagore me miró rápidamente antes de encogerse sobre sí misma y añadir, con voz débil—: Unax. Unax es el líder de tu brigada.

No sé describir lo que ocurrió en la mirada de Emma. No sabría decir si lo que vi fue una mezcla de cabreo o incredulidad, pero durante unos segundos no dijo absolutamente nada. Se limitó a apretar los labios hasta convertirlos en una línea delgada y estática. Nagore y yo nos miramos, sin saber muy bien qué decir para animarla. ¿Colaborar con el responsable del secuestro de nuestra prima? Eso era mucho pedir, para cualquiera de nosotros. Tampoco yo confiaba demasiado en él, después de lo que había pasado. Es verdad, al final nos ayudó a escapar de su propio padre y todo eso, pero... ¿y si no hubiésemos llegado a tiempo?, ¿qué habría sido de Ada si Emma, Nagore y yo no hubiésemos aparecido en la noche del círculo de fuego? Por lo que sabíamos, a Unax no le había temblado el pulso a la hora de engañar a una niña de ocho años y dejarla a expensas de los malvados planes de Ximun, así que no era nada descabellado pensar que hubiera podido deshacerse de ella con esa misma facilidad.

Lo habíamos visto esa misma mañana: nadie confiaba en él. No éramos solo nosotros, sino que había perdido el respeto de todos los brujos de Gaua, incluso el de sus propios compañeros de clase. Y aun así, pese a todo, algo me decía que ese enfado contenido que parecía estar a punto de estallar dentro del cuerpo de Emma iba un poco más allá, como si estuviera más enfadada que todos los demás, aunque no supiera exactamente por qué. Como si estuviera tremendamente decepcionada.

De pronto, la puerta volvió a abrirse, y esta vez fue Nora en persona quien la atravesó, seguida de Ane, Uxia y los líderes de todas las brigadas. Un corrillo de gente se agolpó a su alrededor, bombardeándola con tantas preguntas y peticiones a la vez que era imposible que pudiera escuchar ninguna.

—Silencio —trató de decir, pero terminó por alzar la voz—. ¡Silencio! Escuchadme todos bien. ¿Me oís? Acercaos.

Nosotros, algo apartados, le obedecimos y nos unimos a la multitud que se congregaba en la puerta.

—Estos grupos se han elegido teniendo en cuenta vuestras habilidades y persiguen el objetivo de que llevéis a cabo vuestro cometido y volváis a casa sanos y salvos. ¿Me habéis entendido? No puedo dejar de repetiros lo importante que es que no corráis riesgos innecesarios. —Se aclaró la garganta—. Vuestros líderes conocen la misión que se os ha asignado a cada grupo, así que debéis reuniros con ellos inmediatamente. A grandes rasgos, hemos decidido que los brujos de más de trece años, así como aquellos que han demostrado tener un mayor control sobre su magia, conformen los grupos que se encargarán de traer de vuelta a las criaturas más peligrosas. Los más jóvenes se encargarán de las criaturas inofensivas.

No supe cómo sentirme al respecto. Una parte de mí se dejó llevar por el alivio de saber que no iba a volver a enfrentarme a un bicho tan grande como aquel gentil que vimos una vez y que casi me hizo papilla, pero otra se sintió extrañamente decepcionado. ¿Criaturas inofensivas? No había cruzado el portal después de meses sin hacer magia para perseguir a cuatro cervatillos extraviados a los que fácilmente podría recoger con mis dos manitas. Yo esperaba una oportunidad para volver a hacerme con la flauta, ¡y demostrar de lo que era capaz! Para volver a sentir esa sensación tan inexplicable e increíble que había experimentado ya.

Como si hubiese adivinado mis pensamientos, Nora se apresuró a alzar la mano y continuó su discurso:

—No cometáis el error de confiaros. La misión que nos ocupa es peligrosa, recordad que solo tenemos unos días para traer de vuelta a todas las criaturas antes de cerrar el portal, así que debéis hacerlo rápido. En cualquier otra circunstancia, sería inaudito enviaros a una misión así con tan escasa formación, pero me temo que no nos queda otro remedio. —Respiró profundamente y se dirigió a Ane, indicándole con la mirada que era su turno para comenzar a hablar.

—Entrenaréis con vuestras brigadas. Día y noche si es necesario. Entrenaréis hasta que estéis preparados —sentenció, con su voz afilada acallando cualquier bisbiseo de los grupos que la rodeaban. Incluso algún adulto que paseaba por las calles de Elizondo se detuvo a escucharla, como si su voz tuviese el poder de paralizarnos a todos como marionetas y movernos a su antojo—. Vuestros líderes determinarán la formación que necesitáis, y os ayudarán a maximizar y controlar vuestro poder para que aprendáis a actuar con la mayor precisión posible. Recordad que vuestra magia estará atenuada en el mundo de la luz, por lo que os requerirá una mayor fuerza y control mental que a lo que estáis acostumbrados. Por eso, antes de marchar, vuestros líderes os prepararán aquí en Gaua, y os enseñarán técnicas defensivas e incluso de ataque, si lo creen conveniente.

Conforme la escuchaba hablar, sentía el corazón acelerarse en el pecho. Todo esto ya empezaba a sonar bastante más emocionante. Entonces, deshizo el nudo de su abrigo cruzado y, de un bolsillo escondido sacó un cuaderno marrón, cuya cubierta parecía elaborada con un material parecido al corcho. La miré con desconcierto.

—Cada uno de los grupos llevará un cuaderno como este. Lo hemos elaborado con Tinta del Bosque, y nos servirá para comunicarnos con vosotros, tanto a un lado como al otro del portal. Podréis consultar en todo momento el número de criaturas extraviadas, así como tachar aquellas que hayáis logrado traer a Gaua, para que estemos todos coordinados. También es el lugar para que vuestros líderes escriban si necesitáis ayuda.

—Chist. —Di un suave golpe en el costado de Nagore, tratando de llamar su atención. Me miró de reojo—. ¿Qué es la Tinta del Bosque?

—Es un artilugio creado por los Sensitivos —susurró, sin perder de vista a Ane—. Las páginas se elaboran con hojas de este bosque, de los mismos árboles de los que sale la madera de vuestros catalizadores. Al escribir sobre una de sus hojas, se replica en la del resto de los cuadernos. Es algo complicado, pero en el fondo se basa en la misma fuerza que tienen los catalizadores.

Asentí. Se refería a la conexión que teníamos el bosque y los Sensitivos, esa tan fuerte, tan poderosa y a la vez tan difícil de explicar. No necesité que me diera muchos más detalles porque, de alguna forma, algo dentro de mí podía entender cómo funcionaba. Mi música a través de la flauta había sido capaz de derribar a personas, ¡personas adultas!, que pesarían más de setenta kilos. Yo no habría sido capaz de hacer algo así con mis propias manos, ni de casualidad, y en cambio, al intentarlo a través de la música había notado como si algo de debajo de la tierra me impulsara a hacerlo y consiguiese hacerme más fuerte de repente. No, no era eso, no era como si yo me volviese más fuerte. Más bien era como si, por un momento, las realidades como la altura, la gravedad o el peso de un objeto se volviesen algo relativo, o incluso reinterpretable. Como si las cosas pudieran pesar lo que yo quisiera, dependiendo del tempo que escogiese para mi canción.

Yo qué sé, puede que pareciera que todo aquello no tenía sentido, pero no sería capaz de explicarlo mejor.

—Vuestros líderes custodiarán el cuaderno. Os pedimos que confiéis en ellos y obedezcáis sus órdenes en todo momento —continuó Ane—. No cruzaréis el portal hasta que no nos confirmen que estáis preparados para hacerlo.

La mueca de fastidio de Emma era tan evidente que me pareció que hasta el propio Unax, convenientemente situado detrás de Ane, la había notado.

—¿Ha quedado claro? —insistió, y un murmullo descompasado le respondió que sí, que todos teníamos claro que nos tocaba obedecer y entrenar muy duro. Yo no podía esperar, las mariposas se agolpaban en mi estómago, haciéndolo rugir como si estuviese muerto de hambre. Quería técnicas. Quería magia. La quería ya. La boca de Ane se curvó en una leve sonrisa—. Muy bien. Entonces adelante; no hay tiempo que perder.

Desde aquel momento, pasamos los dos siguientes días entrenando sin descanso. Nos levantábamos tan pronto que, en parte, agradecía que siempre fuera de noche y eso nos hiciera perder un poco la noción del tiempo; de lo contrario, dudo mucho que hubieran conseguido sacarme de la cama a las cinco de la mañana. Después, nos vestíamos deprisa y bajábamos al comedor a llenar nuestros estómagos con un desayuno contundente: un buen pedazo de pan, huevos revueltos, un yogur y algo de fruta. Nora tenía razón, el entrenamiento era duro, y necesitábamos toda la energía posible para aguantar todo el día. Entrenábamos a las afueras del pueblo, en una pequeña explanada que, en el mundo de la luz, estaba ocupada por los pastos de nuestro vecino Manuel. Durante horas, nos ponían a prueba con ejercicios mecánicos, que iban aumentando en dificultad y en intensidad y aparentemente estaban destinados a que aprendiésemos a ser lo más precisos posibles con nuestras habilidades. Ya no se trataba de tirar una silla al suelo. Querían que fuese capaz de mover una pequeña canica por un circuito cerrado sobre la nieve, solo con la ayuda de mi flauta. O que fuese capaz de esquivar unas pelotas de goma que Nagore debía lanzarme intermitentemente. Me desconcentraba muchísimo. ¿Cómo se suponía que iba a poder tocar tranquilamente mientras alguien me lanzaba cosas todo el rato? Me costó varios intentos lograr detener una bola en el aire, y bastante más frustración de la que me gustaría admitir.

¿Y las líderes? En fin, para ser Empáticas mostraban bastante poca sensibilidad. Apenas pestañearon cuando conseguí que esa pelota se quedase suspendida frente a mí, pese a que yo me dejé caer en el suelo de rodillas presa de la emoción.

De todas formas, es que esas gemelas eran... madre mía, ¿cómo puedo describirlas? Eran las tipas más raras que había visto en mi vida. ¡Y mira que conocía a unos cuantos Empáticos! ¡Que a estas alturas debería estar más que acostumbrado! Pero es que te prometo que la conexión que compartían estas dos era otra cosa. Ya me había advertido Nagore que se completaban las frases la una a la otra y, además, continuamente se dirigían breves miradas, en completo silencio, en las que era evidente que estaban comunicándose sin que ni Nagore ni yo nos enterásemos de nada. A nosotros, en cambio, se dirigían con voz suave y aguda y una expresión indescifrable que me ponía la piel de gallina.

Por lo visto, tenían muy claro el plan. Nos lo contaron el segundo día de entrenamiento, cuando descansá-

bamos sentados sobre unas rocas para comernos los boca-
dillos y recuperar fuerzas.

—La clave está en... —iniciaba Itziar.

—... que podáis coordinaros —continuaba Enea—, de
tal manera que...

—... uno comience a utilizar uno de sus poderes y lo...

—... complete el otro. Es la mejor manera que tenemos de conseguir ser útiles al...

—... otro lado del portal. Allí, nuestros poderes estarán...

—Atenuados, sí —les respondí esta vez yo, arrugando
la frente—. Pero ¿cómo se supone que podemos coordi-
narnos Nagore y yo? Ni siquiera pertenecemos al mismo
linaje, no tiene nada que ver lo que yo hago con lo que
ella sabe hacer.

—Tenéis que aprender a escucharos —dijo Enea, con
sus grandes ojos negros clavados en mí—. No hace falta
ser...

—... Empático para conectar con alguien de esa manera.

Nagore parecía bastante más abierta a toda esta información, y suavizaba la mirada cada vez que buscaba en su
complicidad algo que me hiciera saber que ella también
pensaba que estaban locas de remate. Pero por lo visto
tenía más paciencia que yo, o las creía de verdad.

Después de comer, nos mandaron a buscar un par de
piedras grandes para un nuevo ejercicio, y mientras bajá-

bamos por la nieve, aproveché el primer segundo en el que creí que las habíamos perdido de vista y me desahogué:

—¿Cuánto tiempo más vamos a tener que entrenar con ellas? Que no es que me queje, pero —corría ladera abajo, tratando de no resbalarme con el hielo, y me costaba mantener el aliento al hablar— hay muchas criaturas colándose al otro lado del portal y nosotros estamos aquí, moviendo... canicas.

—Son muy buenas, Teo. Saben lo que hacen, estoy segura. Confía en ellas.

—Pero es que todo ese rollo de que nos escuchemos tú y yo. ¿De qué va? Si ya lo hacemos.

Nagore buscaba con la mirada un par de piedras que se ajustasen a lo que nos habían pedido: redondas, con un canto afilado, una más grande que la otra, que no pudiésemos levantar con nuestras manos desnudas. Yo también buscaba, pero era complicado encontrar nada sumidos como estábamos en la oscuridad, por mucho que la nieve iluminase ligeramente el camino.

—Supongo que se refieren a algo más profundo.

—Profundo.

—Sí, no sé. A que sepamos lo que necesita hacer el otro. O lo que está a punto de hacer, ¿entiendes? Que seamos capaces de notar el impulso de energía antes de que se produzca y nos adelantemos. —Me miró. Sus ojos azules, más vidriosos aún por los cientos de reflejos que producía la nieve, se entrecerraron en un gesto de victoria, mientras me señalaba dos piedras frente a sus pies—. Estas nos bastarán, ¿las cogemos y volvemos?

Ladeé la cabeza.

Ambas piedras se encontraban juntas, una al lado de la otra, perfectas e inmaculadas, apenas cubiertas de barro ni de nieve. De hecho, parecían secas, como si no pertenecieran en absoluto al paisaje nevado en el que nos encontrábamos los dos.

Como si alguien las hubiera colocado allí y supiera exactamente lo que estaba haciendo.

De repente, lo supe.

Algo iba mal.

Me dispuse a advertir a Nagore, pero no llegué a tiempo. Para cuando quise abrir la boca, ella ya se había agachado y había tocado la piedra más pequeña con sus dedos, provocando un ligero temblor bajo nuestros pies que hizo que nos cayera nieve de las ramas de los árboles. Nagore miró hacia los lados, asustada.

—¿Qué está pasando?

—Creo que es una trampa —dije, con el corazón latiéndome con fuerza en el pecho.

Sus ojos se abrieron de golpe.

—¡Teo, cuidado! ¡Delante de ti!

Lo que vi me dejó sin aliento. Frente a nosotros, de la nada, había emergido una criatura negra, que se acercaba con movimientos lentos. La nieve iluminaba sus fauces afiladas y sus ojos estaban clavados en mí.

Era un lobo.

No. ¿Qué digo? No era un lobo. ¡Ojalá hubiera sido eso simplemente!

Era ni más ni menos que el lobo más grande que había visto en mi vida.

En un instinto protector que no supe de dónde había salido, traté de esconder a Nagore detrás de mí y pensar con claridad, aunque sabía que era muy probable que yo estuviera más asustado que ella, y no tenía ni la menor idea de qué es lo que tenía que hacer. Esa cosa era... ¡enorme!, su tamaño era tres o cuatro veces mayor que el de cualquier animal que hubiera visto en mi vida. ¿Cómo íbamos a salir vivos de allí?

—Teo. —Todavía detrás de mí, Nagore susurró en mi oído—. Teo, no hagas movimientos bruscos, ¿de acuerdo?

De mi garganta emergió algo parecido a un sonido agudo con el que pretendía darle la razón.

—¿Tienes la flauta?

Asentí, y me aclaré la garganta. Despacio, metí la mano en el bolsillo y me aseguré de notar la madera bien sujeta entre mis dedos.

—¿Tienes un plan? —pregunté.

—Todavía no.

Genial. Si Nagore no tenía un plan, estábamos perdidos. Porque siendo honestos, Nagore era la de los planes. Y la de los poderes. Nagore era la lista en todo esto, y si se bloqueaba ante este lobo (¿he dicho ya que era tan grande que era surrealista?) no había muchas esperanzas de que yo pudiera sacarnos de esta.

Y, sin embargo, tenía que intentarlo.

No teníamos ninguna otra opción.

El lobo seguía avanzando hacia nosotros, exhibiendo sus colmillos brillantes en un gesto de amenaza. Yo tragué saliva y cerré los ojos con fuerza: aquella visión no iba a ayudarme a pensar. Y despacio, muy muy despacio, me llevé la flauta a los labios.

El hilo de música emergió tembloroso y se mezcló con el aire gélido de la noche eterna que nos rodeaba. Lo sentí agarrarse a las ramas de los árboles, jugar con sus hojas e incluso acariciar el pelaje de ese enorme animal que, por un momento, se detuvo. Los agujeros de su hocico se abrieron un par de veces, como si olisquease el aire tratando de encontrar el causante de esa sensación tan extraña, que iba bastante más allá de la música. Pero yo seguía con los ojos cerrados, y de alguna forma el animal solo existía en mi cabeza, donde yo también podía verle, pero ya no daba tanto miedo.

—Teo, creo que... creo que lo estás calmando.

Yo también podía notarlo, sin necesidad de verlo propiamente dicho: su mirada se suavizaba, su respiración se volvía más pausada y sus pasos se habían detenido para escuchar mi canción, hasta que de pronto... un pequeño temblor, un movimiento errático, apenas perceptible, me hizo colocar equivocadamente un dedo encima de un agujero.

Y, como consecuencia, fallé una nota.

Sentí que mi corazón se me paraba.

Abrí los ojos.

Todo lo que pasó después sucedió demasiado rápido. El animal despertó de su letargo como si alguien hubiera chascado sus dedos y hubiese roto mi hechizo, y nos dedicó un fiero gruñido antes de lanzarse hacia nosotros en un par de zancadas. Mientras tanto, con una determinación que me salió de lo más profundo de mis entrañas, yo volví a llevarme la flauta a la boca y escogí una canción con un tempo muchísimo más rápido. No sabía exactamente qué hacer con ellas, pero las piedras fueron lo primero que se me cruzó por la cabeza, y supongo que por eso mi música las levantó en el aire.

Habría sido una buena idea tirárselas al lobo, o tratar de golpearle para aturdirle y salir huyendo, pero estaba tan nervioso que todo lo que conseguía era que las piedras se movieran en círculos por los aires, tan temblorosas y torpes como mi canción, chocando entre sí repetidamente.

Y entonces pasó.

En una fracción de segundo, observé que una pequeña chispa se formaba por la fricción de ambas piedras, y mis ojos se giraron en un movimiento rápido, lo justo para cruzarse con los ojos de Nagore, que pareció entender. Lo demás fue cosa suya. La vi respirar hondo para concentrarse, y al instante un camino de aire emergió de sus manos y persiguió a aquella pequeña chispa hasta convertirla en un hilo de fuego.

El animal se detuvo en seco, alarmado por la presencia de las llamas a escasos centímetros de su hocico. Nagore y yo (porque, de alguna manera, eso lo estábamos controlando los dos juntos), arrastramos el fuego hasta nuestros pies, protegiéndonos tras una barrera que nos separaba del animal.

Parecía asustado.

A punto de marcharse.

Mi corazón latía tan fuerte que me iba a estallar, y entonces...

Desapareció.

Parpadeé un par de veces. Me froté los ojos. ¿De verdad había desaparecido? ¿Tal cual? ¡Pero si estaba ahí hacía un segundo! ¡Se había desmaterializado! ¡En mis propias narices!

Un par de lentos aplausos sonaron a nuestras espaldas, y Nagore y yo nos giramos estupefactos. Las gemelas Empáticas nos miraban satisfechas.

Claro, tenía que haberlo visto venir.

Todo había sido una ilusión.

Sentí que me fallaban las fuerzas, y me doblé sobre mí mismo, recuperando el aliento de golpe.

—¿Esto lo habéis hecho vosotras? —vociferé—. ¡¿Estáis mal de la cabeza?!

—Enhorabuena. —La voz de Itziar sonó tan calmada

como siempre, si acaso exhibiendo un tono ligeramente más jovial que de costumbre—. Habéis demostrado...

—... vuestras habilidades —continuó su hermana—. Incluso aquellas más...

—... difíciles de comprender. Habéis conseguido combinar...

—... vuestros poderes, uniendo vuestras mentes y confiando el uno...

—... en el otro.

Nagore enterró sus dedos en las raíces de su pelo. Estaba visiblemente agotada, pero me miraba consciente de que tenían razón. Lo habíamos hecho. ¡Habíamos hecho fuego! Uniendo su viento con mi música habíamos logrado hacer que una oleada de fuego nos obedeciera y nos protegiese de los lobos. Ni siquiera sabía cómo se me había ocurrido, ni cómo habíamos tenido tiempo de pensar si todo había sucedido tan rápido. Todo había ocurrido como si saliese del fondo de mi estómago, de ese lugar del que salen las ideas más irracionales y aparentemente estúpidas. Como si de repente hubiésemos sido presos de un mismo instinto.

Hasta ese preciso instante, ni siquiera se me había pasado por la cabeza que los lobos tuviesen tanto miedo al fuego. Y de repente tenía sentido: eran seres de la oscuridad, eran las garras de Gaueko sobre la tierra. Si algo aterraba a Gaueko, si algo era capaz de frenarle, eso era la luz.

Me llevé la mano al costado.

Todavía me costaba respirar.

—Estáis... —traté de decir— como cabras.

Las gemelas dedicaron una mirada satisfecha.

Creo que es la primera vez que las vi sonreír. Probablemente también fuera la última.

—Estáis listos para cruzar el portal.

8

Ada

Solo sé que corría.

A mi alrededor, la noche bailaba conmigo, oscura como solo puede serlo en el bosque, con la luz de la luna dibujando figuras imposibles de descifrar entre las sombras de los árboles. Pero yo corría. Corría y me sentía libre, viva, me sentía yo misma, auténticamente yo. Corría y el viento me rasgaba la cara, pero me daba exactamente igual.

Podía sentir la tierra húmeda bajo mis... ¿pies? No, no eran pies. Eran patas, y eran cuatro, y se movían tan rápido y tan coordinadas como si llevase sabiendo moverlas toda la vida; como si siempre hubieran formado parte de mí. La piel se me erizó debajo del pelaje y no dejé de correr hasta que llegué junto a un árbol enorme, con un tronco grueso que se extendía hacia arriba, mucho más alto de lo que me alcanzaba la vista.

Entonces sentí una presencia detrás de mí. Una presencia gélida y oscura, una voz que llenó mis oídos y que juraría haber oído muchas más veces, como si me hubiera susurrado cada noche de mi vida:

«¿Sabes quién eres?».

Me desperté desorientada. Todavía con los ojos cerrados, traté de incorporarme un poco, pero estaba demasiado dolorida para hacerlo. Estaba muy cansada, como si no hubiera dormido en absoluto, pero no podía decir que fuera una sensación nueva. Desde el verano, era habitual en mí despertarme sintiendo que no había parado en toda la noche. Aquel era el mismo sueño que había tenido ya muchas veces, aunque nunca hasta ahora había oído aquella voz. Había sonado tan real que todavía podía sentirla retumbando en mi cabeza.

Abrí los ojos despacio, tratando de acostumbrarme a la luz mientras oía, a lo lejos, los golpes de los cacharros que me hacían saber que la Amona ya estaba trabajando en la cocina. De pronto, di un respingo cuando noté una punzada de dolor en mi brazo izquierdo. Tenía una herida. No era gran cosa, parecía más bien un rasguño, aunque... la toqué con los dedos. La sangre todavía seguía algo húmeda.

La primera pregunta que vino a mi mente estaba clara: ¿Cómo había conseguido hacerme un arañazo en mi cama, si todo lo que me rodeaba eran unas sábanas suavísimas?

Claro que todo eso dejó de importarme cuando me incorporé un poco y descubrí que tenía los pies manchados. De tierra.

No pude reprimir un alarido de sorpresa. Mi corazón comenzó a latir con fuerza, y un pinchazo en la sien me hizo volver a cerrar los ojos para apaciguarlo. No tenía ni idea de qué me estaba pasando. Nada de todo ese sueño había sido real, ¿verdad?

—Ada, ¿qué son esos gritos?

La Amona asomó por la puerta de mi cuarto y todo cuanto me dio tiempo a hacer, movida por el instinto, fue taparme deprisa con las sábanas, escondiendo todo el rastro de la tierra y asegurándome de que no pudiera ver tampoco la herida del brazo. ¿Cómo se lo iba a explicar? Conocía a la Amona perfectamente, y sabía que enterarse de algo así solo haría que me sobreprotegiera todavía más.

—Vaya cara tienes, niña —me dijo. Creo que ya te lo había dicho alguna vez, pero la Amona no era de esas abuelas que se sentaban contigo en la cama y te hacían un arrumaco. Ella era más de quedarse en el marco de la puerta, con los brazos cruzados y el ceño fruncido. En ese momento lo agradecí más que nunca—. ¿Qué te pasa?

—¡Nada! —exclamé, quizá demasiado jovial para que sonara realista.

—Pero si te he oído chillar desde abajo.

—Una pesadilla —improvisé.

No me esperaba su reacción. Mi «mentira» (mentira a medias, al menos, porque sí era cierto que había soñado, aunque ese no había sido en absoluto el motivo por el que había gritado), lejos de tranquilizarla, pareció perturbarla aún más.

—¿Qué has soñado?

Me encogí de hombros.

—No me acuerdo bien —mentí, de nuevo. Su mirada no se alejaba de mí ni por un segundo—. ¿Qué pasa, Amona?

Solo entonces agitó la cabeza, como si de pronto decidiera no darle más importancia.

—Nada, que yo también llevo unas noches soñando mucho.

—¿Pesadillas? —Asintió—. ¿Y qué es lo que sueñas?

Me pareció que dudaba un segundo, pero finalmente negó y sonrió un poquito.

—No merece la pena. Ya bastante disgustan por las noches, ¿no te parece? Como para que andemos recordándolas también por las mañanas.

Mientras decía esto, se dirigió a mi ventana y descorrió las cortinas, haciendo que la luz entrase de golpe en la habitación. En cuanto mi vista se acostumbró a ella, eché una ojeada al paisaje blanco del otro lado del cristal.

Desde que había llegado a Irurita, no había dejado de nevar ni un solo día. Los copos se dejaban caer tan despacio que prácticamente parecían pedazos de algodón de azúcar flotando por el cielo. Era fácil subestimarlos. Si extendías una mano, el primer copo se deshacía al instante. Pero entonces llegaba un segundo, y después un tercero, y al cabo de unos minutos la nieve cogía forma y se extendía, rugosa, por encima de la piel.

Así estaban los montes del Baztán. Blancos, como pillados por sorpresa, envueltos en esa espesa manta de nieve que apenas se distinguía de las nubes agarradas a la tierra. Hacía frío, claro. No solo en el pueblo, sino también dentro de casa. La Amona me había mandado un par de veces a por leña, porque cada vez costaba más calentar las habitaciones y, si ponías los dedos sobre las paredes, las descubrías heladas.

—Al menos ahora volvemos a ser unos cuantos —me dijo, como si me hubiera leído el pensamiento—. Que, aunque parezca que no, eso se nota. Las dos aquí solas nos íbamos a pelar de frío.

Y tenía razón: éramos bastantes. La noche anterior, Teo había vuelto de Gaua y, para nuestra sorpresa, lo había hecho junto a Nagore y dos hermanas gemelas rarísimas. La que no había vuelto todavía era Emma, porque todavía tenía que continuar con el entrenamiento y por lo visto estaba en una brigada diferente.

A Nagore yo ya la conocía, la recordaba perfectamente. Había acompañado a mis primos a rescatarme de las garras del grupo rebelde encabezado por Ximun, y por eso le estaría agradecida por siempre. Las gemelas, en cambio, eran bastante... ¿raras? No se me ocurriría un mejor adjetivo para definirlas. Su presencia cargaba la habitación de una especie de energía incómoda y difícil de mantener por mucho tiempo. Tal vez fuera el hecho de que pudieran comunicarse sin que ninguno de nosotros pudiésemos percatarnos, o a lo mejor era por su habilidad para leernos la mente a todos los demás. En cualquier caso, era inevitable sentir que te encontrabas en una cierta desventaja y que cada una de las frases que decías, era algo que ellas ya habían escuchado antes de que escapase de tus labios.

Traté de no pensar mucho en ello, aunque me resultara difícil. En el fondo, sabía que había cosas más importantes por las que preocuparse. Nos lo contaron todo: lo sucedido en el baile, el descuido de Teo hablando de más en medio de la pista, provocando que la mismísima Mari se enterase de que había una grieta en el portal. Además, nuestras sospechas al encontrarnos a ese galtxagorri en la habitación de Teo habían quedado confirmadas de sobra, y la situación era peor de lo que habíamos podido imaginar. Por lo visto, no había sido un hecho aislado, sino que ya eran varias las criaturas que habían cruzado hacia nuestro mundo. Total, que el Concilio había decidido dividir a los brujos en brigadas para atraparlas y llevarles de vuelta a Gaua y, mientras tanto, tenían una misión para los que estábamos en el otro lado: una vez hubieran conseguido devolver a todas las criaturas, debíamos cerrar el portal para siempre.

Reconozco que aquello me hizo dudar.

—¿Cómo vamos a hacerlo? —pregunté—. No tenemos magia a este lado del portal, ¿no?

Es cierto que todavía recordaba el cosquilleo de mis manos, en medio del bosque, pero aquello había sido producto de mi imaginación, ¿verdad?

La Amona clavó en mí sus ojos oscuros, enmarcados en esos párpados tan acostumbrados a fruncirse. También entonces me parecieron preocupados, como si hubiese añadido en el último momento una línea de más a sus arrugas.

¿Entonces no había sido mi imaginación?

—La he sentido —dijo, lentamente, como si antes hubiese escogido bien sus palabras—. No tiene mucha intensidad, por lo que creo, pero es evidente que está ahí.

Ni siquiera lo llamó por su nombre: «Magia». Supuse que no hacía falta, de la misma manera que nadie te podía explicar exactamente cómo notarla, del mismo modo en que en el Ipurtargiak no tenían lecciones sobre ella. Poco a poco, me iba dando cuenta de que lo que tenía que ver con la magia rara vez se expresaba en palabras. Al menos, no en este valle. Las cosas tan importantes como esa se hacen más pequeñitas si intentas meterlas dentro de una palabra.

Respiré profundamente, hasta llenar mis pulmones.

—¿Has...?

—No. No he intentado utilizarla. Hace demasiados

años que... —Por unos segundos, me pareció que recordaba algo, pero su voz se apagó de golpe y agitó la cabeza con repentina determinación—. Está claro que es por la grieta. También la está dejando pasar.

Esta vez, Nagore fue la que se decidió a intervenir.

—Nos han dicho que podremos utilizarla, pero que necesitamos trabajar en grupos para conseguir maximizar su poder. Efectivamente, también se ha colado a través de la grieta, y se acabará en cuanto la cerremos, pero de momento podemos utilizarla a nuestro favor. Si los brujos del mundo de la luz se unen al otro lado del portal, nos ayudarán a cerrarlo desde Gaua. Necesitamos todas las manos que podamos, nunca antes se había intentado cerrar el portal.

Tampoco se había roto nunca, hasta ahora. Hasta que yo lo abrí.

Nagore volvió a intervenir:

—¿Crees que podrías reunir a gente del pueblo para que nos ayudase a cerrar el portal?

Por la cara que puso, era lo más absurdo que oía en años.

—¿Los brujos exiliados? —dijo la Amona—. Imposible. No querrán colaborar.

—¿Brujos exiliados? —pregunté.

—Así es como nos llaman a los brujos que decidimos quedarnos en el mundo de la luz cuando cumplimos quince años. No somos muchos —dijo, pero al instante se corrigió—. No somos muchos brujos que sepamos que lo somos, quiero decir. Por supuesto, hay unos cuantos que han vivido en este mundo, al margen de la magia, durante toda su vida, pero no tendría sentido en absoluto convocarles por algo así.

—¿Como nuestros padres? —preguntó Teo—. Son brujos, ¿no? Solo que no lo saben. Porque nunca se lo dijiste.

Por un momento, me pareció que la Amona se ponía un poco triste, pero era difícil adivinar algo como eso. No era en absoluto una persona que dejase ver sus sentimientos con facilidad.

—Como ellos —asintió—. Son muchos, y la mayoría son de familias que hace ya unos cuantos años que se fueron del pueblo. No tiene sentido convocarles a estas alturas. Sería demasiada información que procesar y no estarían preparados para asumir algo así.

—Eso no lo sabes —se quejó Teo, pero la Amona no le dio tiempo a replicar mucho más.

—Hay un motivo por el cual se conecta con la magia desde la infancia —dijo, con brusquedad—. No es solo por comodidad, es una cuestión mucho más profunda que todo eso. Un adulto no sería capaz de asimilar algo así, creería volverse loco. Tenéis que comprender que el mundo, todo cuanto creemos que vemos a nuestro alrededor, en el fondo no deja de ser una construcción que uno hace con su propia cabeza. Nos vamos creando una serie de opiniones y prejuicios que terminan convirtiéndose en certezas, en normas que son así y que deben ser así para que todo funcione... Esas certezas son los pilares del refugio que nos construimos con el paso de los años, y poco a poco se vuelven tan fuertes, tan férreas, que olvidar de golpe una de ellas te haría perder el equilibrio e incluso la cabeza. Cuando eres pequeño estás infinitamente más preparado para entender que algo no es como tú crees y empezar de cero, pero cuando eres un adulto... No. Sencillamente no puede ser. No podríamos hacer algo así. Tendremos que conformarnos con la ayuda de los exiliados, si es que quieren escucharme.

—¿Pero por qué no iban a querer? —pregunté.

—Es complicado —dijo, de nuevo arrugando los ojos—. Los que decidieron no quedarse en Gaua lo hicieron por algo. Os aseguro que no es fácil tomar la decisión de desprenderse para siempre de la magia, así que quienes lo hicieron tenían que tener muchos motivos. Y probablemente no quieran saber nada de ella nunca más.

—Pero estamos en peligro. Todos. También ellos —dijo Nagore—. Tiene que haber alguna manera de convencerles de eso.

—Soy muy consciente, Nagore, pero no es tan sencillo —dijo, y después tomó aire—. Hablaré con ellos. Intentaré hacérselo entender.

Por el tono de la Amona, era evidente que la conversación había acabado. Lo supimos todos. También las gemelas, que nos habían observado desde el más absoluto silencio, se giraron a la vez en dirección a las escaleras que llevaban a la habitación. La Amona las siguió, con la misma expresión indescifrable de siempre, los mismos labios prietos que parecían tener todo bajo control y no estar dispuestos a discutir nada más sobre el asunto. Me pareció, eso sí, que arrastraba más las piernas al subir los escalones, como si le pesasen un poco. Yo miré a Teo y a Nagore.

¿A quién pretendía engañar? Yo no iba a poder dormir.

—Contádmelo todo sobre el Festival de Invierno —dije.

Teo sonrió de oreja a oreja.

Al día siguiente, después de haber pasado la noche escuchando historias sobre Gaua, conseguí convencerles para que me dejaran acompañarles en la búsqueda de criaturas. Por supuesto, la Amona fue un hueso duro de roer, pero yo no estaba dispuesta a ceder en esto. ¿Prohibirme cruzar el portal, por mi seguridad? De acuerdo. Pero no había ninguna razón objetiva para que yo no pudiera ayudar desde este lado. ¡Como si no estuviera acostumbrada a campar por el bosque a mis anchas! Así que no le di la oportunidad de llevarme la contraria y salí con el resto del grupo a primera hora de la mañana.

Estuvimos fuera de casa todo el día, y pronto descubrimos que las gemelas eran sorprendentemente rápidas encontrando a los galtxagorris. Las criaturas no necesitaban exponerse haciendo ningún ruido, porque ellas podían escuchar sus pensamientos en un radio de varios metros, así que siempre conseguíamos pillarles desprevenidos. Después, Nagore los elevaba en el aire, haciendo que fuera imposible que se escaparan, y Teo se aseguraba de que nos siguieran, tocando una canción alegre y rítmica que marcaba sus pasos. Los cuatro parecían coordinarse a la perfección y Teo caminaba con el pecho henchido de orgullo. Pasaban las horas y consiguieron devolver a Gaua a tres galtxagorris, y al rato vino el cuarto. Y después el quinto.

Las gemelas llevaban consigo un cuaderno en el que estaban escritas las criaturas extraviadas, y se iban tachando a toda velocidad. Estábamos haciendo un gran trabajo, en tiempo récord. Bueno: *estaban* haciendo un gran trabajo. Ellos, claro. Porque era cierto que yo no tenía un rol muy claro en esto, y tampoco habría sabido cómo ayudar aunque lo intentara. No tenía ni idea de cómo hacer magia. Lo único que había logrado hacer era romper un portal (causando, por cierto, todo el lío que estábamos intentando deshacer), y ni siquiera tenía ni idea de cómo lo había hecho.

¿Cómo iba a haberlo aprendido? Todos, absolutamente todos, habían recibido algún tipo de formación. ¡Incluso Emma y Teo, que habían llegado a Gaua demasiado tarde! Ellos también tuvieron gente que les ayudó a adaptarse, y tenían un linaje al que sabían que pertenecían, y habían podido escoger sus catalizadores y sabían exactamente lo que tenían que hacer. ¿Pero yo? Todo cuanto yo sabía de mí era que descendía de una magia oscura como la noche y que era capaz de hacer cosas muy malas. Ya está. Como si eso fuera lo único que tenía que saber. Como si seguir explorando o descubriendo el potencial de mi magia fuese un juego demasiado peligroso para todos.

¿Pero y si también podía hacer cosas buenas? ¿Y si, además de crear una grieta en el portal, pudiera hacer algo importante? ¿Algo valioso? ¿Cómo habría de saberlo si nunca me dejaban intentarlo?

Yo ni siquiera tenía un catalizador. Es verdad que probablemente no lo necesitara, porque no soy una sensitiva como mis primos. ¿Pero y si sí lo necesitaba? No se sabía nada de mi linaje, más allá de que la gente lo llamaba linaje perdido. Aparentemente estaba sola en el mundo. Mi madre, aparte de mí, era la única que compartía mi sangre, y mi magia, y no estaba conmigo. No tenía ni idea de cómo podría conectar con ella, y me moría por tener un mentor, alguien que me comprendiera, que me guiase. Como lo tuvieron todos los demás.

Pero la cuestión es que no había nadie que pudiera ayudarme o, en cualquier caso, nadie que estuviera dispuesto a hacerlo, así que no me quedaba otra opción que averiguarlo yo solita. Y sabía que era cuestión de tiempo. Que simplemente llegaría el momento perfecto. Estaba segura. Si seguíamos caminando por el bosque, regresaría esa sensación que había tenido el día anterior, ese... cosquilleo tan fuerte que había recorrido mis manos. Pero esta vez no me asustaría. No. Sabría lo que tenía que hacer, y podría ser útil. Les demostraría a todos que no necesitaba la protección de todo el mundo. Que podía defenderme yo sola. Que yo también pertenecía a Gaua, exactamente igual que todos los demás.

Tan solo necesitaba tiempo para demostrarlo.

Esa idea me obsesionaba. Tanto que... en fin, supongo que es por eso por lo que la lie tanto y acabamos todos encerrados en una cabaña en medio de una tormenta de nieve.

Vale, sí, reconozco que todo fue culpa mía. Qué sorpresa, ¿verdad? Es verdad que me puse un poco insistente de más. Llevábamos horas detrás de una lamia que las gemelas habían creído escuchar, en una zona profunda del bosque. No encontrábamos nada y probablemente hacía ya un tiempo que caminábamos en círculos. Nagore, de vez en cuando, se impacientaba y miraba al cielo. Estaba cubierto por una capa de nubes espesas y blanquecinas, que indicaban que estaba a punto de volver a nevar.

—Deberíamos volver —dijo Nagore.

—Aún no —pedí.

—Ada, llevamos seis horas.

—Itziar y Enea han notado la presencia de una lamia aquí cerca. ¡No podemos irnos ahora!

Las gemelas asintieron, dándome la razón, pero Teo salió en defensa de Nagore:

—Ya, pero llevamos detrás de esa lamia dos horas ya, y estamos muertos de frío. Que no la encontramos, ya está. Estará muy escondida.

—¿Y dónde ha podido esconderse? No ha podido desaparecer en medio de la nada.

—No lo sé, pero está claro que no podrá quedarse en un sitio mucho rato. Se moverá. Mañana lo intentamos.

—Ah, claro. Mejor vámonos todos a descansar, ¿verdad? Mientras tanto, vamos a dejar la grieta abierta un ratito más —ironicé—. Total, ¿qué es lo peor que puede pasar?

Teo y yo nos clavamos los ojos el uno en el otro en un duelo de miradas. Pero la testarudez no es lo suyo. Al menos, no tanto como lo es para mí, así que terminó chascando la lengua y murmurando algo parecido a «la Amona nos va a matar».

A mi favor diré que todo pasó en cuestión de segundos. De verdad que no la vimos venir. En cuanto empezó a nevar, incluso yo comprendí que debíamos rendirnos y volver a casa para estar a salvo, pero ya era demasiado tarde para hacerlo. Lo que en un principio habían sido cuatro copos se transformó de pronto en una gélida ventisca que nos golpeaba la piel, afilada y a gran velocidad.

No podíamos ver nada a nuestro alrededor. Absolutamente nada. Y esa sensación era terrorífica. Giraba mi cara a un lado y al otro y apenas conseguía abrir los ojos, aunque no importaba demasiado, porque si lo hacía descubría que todo cuanto veía ante mí era blanco.

Teo me cogió la mano. Me pareció que era él, en cualquier caso. Apenas distinguía su figura a mi lado. El viento soplaba tan fuerte contra nuestros oídos que casi no podíamos oírnos, y supongo que me agarraba porque temía que saliese volando. Mi corazón palpitaba con tanta fuerza que pensé que se me iba a salir del pecho. No tenía ni idea de cómo escapar de allí, ni de cómo orientarme, ni cómo se suponía que íbamos a poder sobrevivir.

Si no hubiera estado tan asustada, estoy segura de que me habría derrumbado a los pies de Teo y le hubiera pedido que me perdonase por ser tan cabezota. Pero no podía moverme. Ni hablar. Ni hacer absolutamente nada. Así que me limité a sujetarle la mano, deseando con todas mis fuerzas que amainase la tormenta y pudiéramos salir vivos de allí.

Y entonces, una de las gemelas me agarró por el abrigo.

Me sobresaltó pero no opuse ninguna resistencia y me dejé llevar, sin soltar la mano de Teo, consciente de que no teníamos ninguna otra opción. Yo no tenía ni idea de hacia dónde ir, pero tal vez ellas sí. Tal vez todos estuviéramos ciegos por la ventisca y ellas, que podían percibir las cosas con más claridad en su mente que en sus propios ojos, supieran sacarnos de allí. Al menos, tenía que creer que era una posibilidad.

Caminamos unos minutos que me parecieron horas, contra el viento y entre la nieve, tratando de no separarnos, temblando de frío y de miedo hasta que, entre la ventisca, distinguí una cabaña de madera.

¡Una cabaña!

Las gemelas nos habían salvado la vida.

Al entrar en ella y cerrar la puerta a nuestras espaldas, una oleada de alivio hizo que me flaqueasen las piernas y me dejé caer, sentándome en el suelo con la cabeza apoyada en la pared. Seguíamos vivos. Íbamos a salir de allí. Íbamos a estar bien. Solo debíamos resguardarnos hasta que pasara la tormenta. Traté de respirar despacio, buscando que mi corazón recuperase su ritmo normal.

Miré a mi alrededor. Toda la casa era de madera. No cabía duda de que estaba abandonada, porque no parecía que nadie hubiera entrado a limpiar en unos cuantos años, y el polvo se acumulaba sobre los objetos y unos muebles demasiado viejos. Pero había una chimenea, y algo de leña, así que estaba claro lo que había que hacer.

Nadie dijo una sola palabra. Ni un reproche. Ni un «te lo dije», ni un «Ada, has estado a punto de matarnos y ya es la segunda vez este año, deberías hacértelo mirar». Nada de eso. Todavía movidos por el instinto de supervivencia, Teo y Nagore juntaron los troncos y buscaron un objeto metálico con el que poder hacer chispas para encender el fuego. Hablaban entre ellos, como si fuera algo que ya hubieran hecho antes. Después, Nagore utilizó su magia para ejercer la presión justa de aire en el momento preciso.

Para cuando me di cuenta, la chimenea estaba encendida.

La observé con sorpresa, y una pequeña pizca de envidia. Quise preguntar cómo habían aprendido a hacer algo así, pero algo me decía que era mejor que no abriese la boca durante un rato.

En su lugar, decidí ser de utilidad y busqué por la casa cojines y mantas que nos pudieran servir de abrigo. Coloqué las mantas alrededor de la chimenea y nos acomodamos en ellas. No sé si fue la calma después de la adrenalina, el agotamiento de haber pasado todo el día caminando en la nieve, o el suave chisporroteo del fuego, pero no tardamos ni diez minutos en quedarnos dormidos.

Nos despertó el ruido de alguien que intentaba abrir la puerta, y el sobresalto me hizo ponerme de pie de golpe. ¿Cuánto habríamos dormido? No había podido ser más de una hora, porque todavía estaba anocheciendo. Por la luz que se filtraba al otro lado de la ventana, debían de ser las siete o las ocho de la tarde.

Solo entonces me di cuenta: veía el cielo, y eso significaba que la tormenta había parado. Pero no tuve tiempo de dejarme llevar por el alivio, porque la puerta volvió a agitarse, y esta vez se abrió del todo. Nos pusimos de pie de golpe.

Del otro lado de la puerta, emergió una mujer encogida sobre sí misma. Parecía helada de frío. Su cabello, rubio y tremendamente largo, parecía haberse congelado por efecto de la nieve. Debía de haberse perdido en la tormenta. Estuve a punto de ofrecerle que se acercase al fuego, pero, antes de que pudiera hacerlo, miró a Teo con los ojos como platos y se giró de golpe, echándose a correr de vuelta hacia el bosque.

O, al menos, intentándolo.

—No te muevas. —La voz de Enea fue suficiente para dejarla paralizada.

Teo se puso de pie.

—¡Yo te conozco! —gritó, y se acercó a ella para observarla con curiosidad. Entonces, para mi sobresalto, comenzó a levantarle la falda.

—¿Pero qué estás haciendo? —exclamé, sin embargo, entonces vi que debajo de esa falda se escondían unas garras de ave—. ¿Es una lamia? ¿Es la lamia que buscábamos?

—No hay duda —dijo Itziar con seguridad.

—Es más que eso —añadió Teo—. Es la primera criatura que vimos en Gaua. Una lamia que nos encontró nada más cruzar el portal y nos llevó al Ipurtargiak. ¡Eres Xare! ¿Verdad? ¿No te acuerdas de mí?

Pero la lamia estaba quizá demasiado paralizada como para contestar, así que se limitó a fruncir el ceño. No parecía muy contenta por el reencuentro.

—Es hora de que... —comenzó Itziar.

—... la llevemos al otro lado del portal. Ha dejado... —continuó su hermana.

—... de nevar, y no tardaremos en llegar.

Las ayudé a apagar el fuego de la chimenea y cerramos la cabaña tras nosotros.

Con un chasquido de sus dedos, las gemelas liberaron a la lamia de su parálisis para que pudiera caminar. Sin embargo, no parecía que consiguiera escaparse: intentó salir corriendo hacia un lado, pero ante sus intentos, los pies se le pegaban a la nieve, hundiéndose más cuanto más intentaba escabullirse.

—¡Dejadme ir! —se quejó.

—Este no es tu sitio, Xare —dijo Teo—. Tenemos que devolverte a Gaua.

La lamia se revolvía rabiosa.

—¡A Gaua! ¿Ese es mi sitio? ¿Una noche eterna? —Por mucho que se agitase hacia los lados, sus piernas seguían como autómatas el ritmo de nuestros pasos—. ¡Sabes poco de las lamias, crío! Me gusta la luz, me gustan las flores. ¡No tengo por qué vivir toda la vida escondida en una prisión de oscuridad! Estúpidos brujos egoístas, ¡vosotros tenéis la culpa de todo! Sois la auténtica enfermedad de este mundo. Envenenáis todo cuanto tocáis.

Al oírla, sentí como si una pequeña parte de mí se rompiese. Hasta ese preciso instante, no me había preguntado si las criaturas querían volver o no a Gaua. Sencillamente, había dado por supuesto que ese era el lugar que les correspondía. Pero ¿por qué tanto empeño en obligarlas a vivir apartadas de los humanos? Según me contaron, la separación de los mundos se produjo cuando Mari se enteró de que Gaueko pretendía traicionarla raptando al Sol, ayudándose de la Luna, madre de todos los brujos. Pero con la separación de estos mundos, Mari había hecho algo más que castigar a Gaueko o a la Luna: todas las criaturas habían quedado recluidas en la oscuridad. Incluso aquellas que no habían tenido la culpa de nada.

¿Por qué esforzarnos tanto en reconstruir el portal? ¿Cómo podíamos tener tan claro que era lo correcto, cuando había criaturas inocentes involucradas?

De pronto me dolía la cabeza. Me llevé las manos a las sienes.

—Ada, ¿estás bien? —Me había quedado parada en medio de la nieve. Teo se acercó a mí—. Vamos, debemos llevarla al portal. No me fío nada de ella.

La lamia se giró, supongo que para dejarle un par de cosas claras a Teo, pero antes de que pudiera hacerlo su vista topó con la mía y sus labios se entreabrieron.

—Mari misericordiosa —musitó muy despacio—. Eres igual que tu madre.

En ese momento, pude notar a la perfección cómo mi corazón dejaba de latir.

El mundo entero se desvaneció y no pude ver ni escuchar nada más que a esa lamia.

Me acerqué a ella muy despacio, deslizándome sobre la nieve.

—¿Qué has dicho?

Le clavé los ojos, directamente en los suyos.

—¿Conocías a mi madre?

Ella asintió, muy segura:

—Era una bruja extraordinaria y diferente. —Ladeó la cabeza y me escudriñó la cara y el resto del cuerpo—. No me cabe duda de que tú eres su hija. Puedo ver algo de todo eso en ti.

—¿Ah, sí?

No dejó de caminar, pero me miró antes de asentir con la cabeza y dedicarme una media sonrisa.

—Tenéis los mismos ojos de lobo. Esa misma fiereza indomable. —Soltó un ruido parecido a la risa.

Yo sentí como si una oleada de calor invadiese mi pecho.

—¿Sabes dónde está?

—Nadie lo sabe —me susurró, escondiendo una sonrisa—. Y es mejor así.

Me apartó la mirada de golpe, dejándome muy claro

con ese gesto que no pensaba decirme nada más. Nagore me hizo una señal de que era hora de ponernos en marcha y acepté, aunque a regañadientes. Las gemelas tiraban de esa cuerda invisible que la obligaba a seguir nuestro ritmo, pero yo caminé a su lado, en silencio, unos minutos, tratando de asimilar todo lo que acababa de averiguar.

Tenía demasiadas preguntas.

—¿Cómo era? —dije, al cabo de un rato.

Tardó en contestar.

—Te lo he dicho: diferente. No era como los demás brujos. Me miraba como a una igual, ¿comprendes? No con esa superioridad absurda con la que miran los humanos, como si todo les perteneciera. Ella no era así. Ella sabía que formaba parte del bosque.

Quería seguir preguntando. No sabía ni de lejos todas las cosas que quería saber. Que necesitaba saber. Cómo hacía la magia, qué le gustaba, qué se le daba bien, a qué jugaba cuando era pequeña, si me quería... y... bueno. También *eso*.

—¿Y mi padre?

La lamia detuvo sus pasos y fijó la vista en la nieve. No parecía querer responder. Las gemelas también se habían detenido, y se miraron muy brevemente antes de hablar. Enea fue quien comenzó:

—Murió muy joven. Poco después de que...

—... tu madre desapareciera, intentando...

—... ocultar dónde os habíais escondido.

Xare soltó un resoplido. Parecía disgustada. Era evidente que las gemelas le habían leído el pensamiento y que me lo habían transmitido muy en contra de su voluntad.

Nagore la miró y dijo:

—Sí, lo hacen todo el rato. No tienen mucho tacto.

Pero yo no podía pensar en las gemelas, ni en su falta de sensibilidad. Me costaba respirar. ¡Mi padre había muerto! Por escondernos. Por salvarnos la vida. Respiré hondo y traté de volver a hablar, pero esta vez mi voz se quebró un poco.

—Pero entonces mi madre... mi madre sí consiguió escapar, ¿verdad?

La lamia no contestó, y esta vez ni siquiera las gemelas dijeron nada.

Tampoco yo estaba segura de estar preparada para saber la respuesta.

—Hemos llegado —anunció Nagore.

¿Qué? Ah, el portal. Toda esta información me había dejado tan aturdida que por un momento se me había olvidado que planeábamos devolverla a Gaua, y que la teníamos retenida en contra de su voluntad.

Sin saber muy bien por qué lo hacía, agarré a Teo del brazo.

—Espera —dije.

—¿Qué?

—No tenemos por qué hacer esto.

—¿Cómo?

Tanto Nagore como Teo y las gemelas me miraban como si me hubiera vuelto loca de repente. Y yo podía entenderlo, pero mi corazón latía a toda velocidad y necesitaba al menos unos segundos para poder pensar.

—Ada. —Teo se zafó de mi mano—. Tenemos muy poco tiempo. Tenemos que hacer que todas las criaturas crucen el portal antes de Año Nuevo, o Mari...

—¡Sí, ya sé lo que ha dicho Mari! —exclamé—. Pero ¿y si se equivoca?

—¡¡Ada!!

Teo miraba al cielo, como si esperase que en cualquier momento Mari nos castigase a todos en un golpe de ira y un rayo nos partiese en dos. Nagore, en cambio, me observaba sin dar crédito. Yo agité la cabeza y traté de ordenar mis pensamientos:

—Solo digo que... Xare no tiene la culpa. ¿Lo del portal? ¿La división de los dos mundos? Si lo piensas no tiene ningún sentido, es un castigo por algo que se produjo hace muchísimos años. ¿Por qué no puede Xare quedarse? ¡Si ella quiere estar aquí! ¿Tanto daño haría?

Los ojos de Teo, hasta hace unos segundos abiertos de par en par, se entrecerraron con determinación.

—Ada, escúchame —dijo—. No tenemos tiempo para esto. Sé que quieres saber más cosas sobre tu madre, lo entiendo perfectamente, pero no es el momento.

—¿Qué? Ni siquiera lo decía por eso. No me estás escuchando.

—Te escucho, pero lo que dices no tiene ningún sentido.

—¿Y sí tiene sentido obligar a Xare a vivir en Gaua? ¿Encerrada en el mundo de la noche, como si estuviera en una cárcel?

—Ada, que es una LAMIA. —Vocalizó muchísimo la palabra, como si eso lo hiciese más real—. ¿Tú crees de verdad que puede vivir en el mundo de la luz? ¿Así, como si nada? ¡Luciendo patas de bicho! Seguro que todo el mundo lo ve normalísimo, vaya.

Eché una ojeada rápida a las garras que tenía en lugar de pies. Me dolía tanto la cabeza que sentía que me iba a explotar. Sabía que lo que decían tenía sentido, pero había algo en mí, una especie de instinto visceral que me decía que tenía que impedirlo como fuera.

Todos parecían tan seguros de lo que estaban haciendo, ¿incluso satisfechos?, como si se sintieran cómodos aferrándose a esa lista de tareas, con ese cuaderno que se tachaba, siguiendo un plan que favorecía no sabía muy bien a quién. ¿A los brujos? ¿A Mari? Sin plantearse las consecuencias que todo eso tendría para las criaturas del valle, que no tenían la culpa de nada.

Tal vez Xare tenía razón con respecto a los humanos.

Me tragué el nudo que se me había formado en la garganta. No quería mirar. No quería ver cómo le arrebataban su posibilidad de ser libre, solo por el mandato de una diosa a la que cada vez comprendía menos.

Así que me di la vuelta y me marché, sin decir nada más.

9

Emma

Emma, concéntrate.

Respiré hondo, pero no precisamente para concentrarme. Esas habían sido las dos palabras que más había escuchado en las últimas cuarenta y ocho horas, y oírlas juntas una vez más estaba haciendo que me resultase muy complicado no estallar. «Concéntrate.» ¡Claro, gracias! No se me había ocurrido concentrarme. ¡Menos mal que tenía frente a mí a un par de chicos mayores para explicarme que la magia no salía de la nada, envuelta en purpurina y cabalgando un unicornio! Seguro que mi cerebro de chica no habría sido capaz de llegar a esa conclusión él solito, ¿eh?

Respiré hondo, sí, pero para controlar mis ganas de tirarles el catalizador a la cara.

—No es tan fácil —mascullé, tal vez un poco seca, pero de verdad que sentí mi autocontrol como un logro. Unax me miraba con los brazos cruzados y la cabeza ligeramente ladeada, pero lo de Arkaitz era directamente una impaciencia nada disimulada que me sacaba de quicio.

—Ya sé que no es tan fácil, pero es que es lo que hay.

Arkaitz era alumno del penúltimo año del Ipurtargiak. Tenía un año más que yo, lo que significaba que solo le quedaba uno para cumplir los quince y tomar la decisión más importante de su vida: Gaua o el mundo de la luz. Pero en su caso, no parecía que le fuera a resultar complicado en absoluto. Él vivía por y para la magia, o tal vez para demostrarnos a todos lo impresionante que era. Era indudable que se había ganado un buen hueco en Gaua. No es difícil distinguir a un chico popular, créeme, los conozco muy bien. Como chica a la que lo de encajar no se le ha dado nunca demasiado bien, he aprendido a identificarlos a la primera, a estudiar sus movimientos y hasta aprender a predecir sus reacciones, y él... él era un caso tan típico que, si alguna vez hiciera un manual, incluiría su fotografía. Era muy deportista, eso es verdad, y competía prácticamente en todas las disciplinas del valle, ¡y eso debería gustarme y debería darnos algo en común!, pero es que creo que era una de esas personas que competían más por esa especie de adicción al reconocimiento que por pura diversión o espíritu deportivo. Me preguntaba si guardaría todos los trofeos en su casa, esperando a que sus amigos le dieran el visto bueno. Porque sí, me he esforzado en conocer a personas como él y, ¿sabes qué?, no se las reconoce tanto por cuando ganan, sino por su actitud cuando pierden. Y yo ya le había visto fallar alguna vez. Esas mejillas enrojecidas, esa microexpresión colérica en su entrecejo que intentaba camuflar bajo una fachada de falsa indiferencia. No, los chicos como él no saben perder. Ni mucho menos ser pacientes o compasivos con los que tienen alguna dificultad. ¿Para qué? ¿Acaso da puntos saber que no eres el centro de tu propio universo?

Pero no me malinterpretes, no es que sintiera pena por él. Ni siquiera rabia. Sencillamente, no quería estar con él. No me sentía cómoda. Me había esforzado durante todo el instituto en Alemania por evitar a este tipo de personas, por pasar desapercibida, ¡y había llegado a ser verdaderamente buena en ello! Claro que en Gaua no me iba a resultar tan fácil. No mientras tuviéramos que entrenar tan duro.

Éramos una brigada de tipo 1. O, como ya lo llamaban en Ipurtargiak, «brigada de mayores», aunque yo, con mis trece años recién cumplidos, fuese un caso un poco excepcional. Y eso significaba que teníamos que enfrentarnos a las criaturas más peligrosas, como los gentiles, en un entorno en el que además nuestra magia iba a estar mitigada. Debíamos andar con cuidado y asegurarnos de que estábamos lo más preparados posibles antes de cruzar el portal.

¿Pero llegaríamos a estarlo? Desde que habíamos comenzado con el entrenamiento, no había conseguido hacer magia ni una sola vez, y empezaba a pensar que habían cometido un error al meterme a mí, precisamente a mí, que había pasado toda la vida en el mundo de la luz y no tenía ni idea de lo que estaba haciendo, en el grupo de los mayores.

No era la única que lo pensaba. Les escuchaba hablar. A veces en el desayuno, cuando estaba en la cola esperando recoger mi bandeja, escuchaba sus cuchicheos, que se paraban de golpe cuando me acercaba a ellos. «¿Por qué ella?», decían. «¿No es la chica que tardó tantísimo en elegir su catalizador? Estuvo aquí en verano, ¿no te acuerdas?» O mi favorito: «¿Pero ha usado su catalizador alguna vez, o lo lleva de colgante y ya está?». Quería responderles. Decirles que sí, que mi eguzkilore me salvó la vida dos veces: una cuando Teo y yo nos enfrentábamos al gentil que le robó la flauta, y la segunda cuando la familia de Unax retenía a Ada. Yo sola fui capaz de crear un escudo que nos protegía a todos.

¿El problema? Que ninguna de las dos veces sabía cómo lo había hecho, así que no tenía ni idea de cómo repetirlo.

Así que me callaba y les dejaba murmurar, porque tampoco estaba muy segura de que pudiera defenderme. De cualquier modo, Teo y Nagore habían cruzado ya al otro lado así que en esto estaba sola. Y, por lo que parecía, mi caso llamaba bastante la atención. Esa misma mañana, entre entrenamiento y entrenamiento, nos habíamos acercado a la carrera de trineos de Elizondo, que por lo que parecía era uno de los eventos clave en el Festival de Invierno de Gaua y congregaba prácticamente a todo el valle. Por supuesto, a Arkaitz le tocaba competir, y no estaba dispuesto a perdérselo. El estadio, creado con una enorme estructura de hielo, estaba a reventar de hombres y mujeres y niños y estudiantes del Ipurtargiak, chillando emocionados desde debajo de sus bufandas. Mientras Unax y yo buscábamos un sitio en el que sentarnos, nos encontramos de frente con la nueva líder de los Empáticos. Para la ocasión, Uria llevaba un abrigo de pelo blanco que le llegaba hasta las rodillas y un gorro de lana que parecía hecho a mano. En realidad, no sé por qué me fijé tanto, porque daba igual lo que se pusiese. Había algo en ella que le confería ese aire de importancia, como si ni siquiera tuviera que esforzarse por demostrarlo, como si le perteneciera siempre un lugar un escalón por encima de ti. Tal vez fuese su postura, siempre erguida, con los omoplatos bien juntos, o su mirada suave y serena, impertérrita. Solo había alguien que parecía sacarla un poco de esa aparente tranquilidad.

—¡Unax!

No supe identificar si la mueca de sus labios era una sonrisa sincera. Parecía que se alegraba genuinamente de verle. No era mutuo: él apenas se detuvo para saludarla.

—Uria —dijo, simplemente.

Pero la líder de los Empáticos no pensaba dejarnos marchar tan fácilmente y dirigió su mirada esta vez a mí, con curiosidad. Me miró de arriba abajo unos segundos y alzó ambas cejas.

—Tú tienes que ser Emma, por supuesto. —Asentí y ella me tendió la mano. La acepté, aunque vacilante—. Es un placer conocerte por fin. Desconozco si lo sabes, pero Unax te escogió personalmente para que formases parte de su brigada.

Aquello sí me pilló por sorpresa. Miré a Unax en un gesto instintivo, y no necesité ser Empática para darme cuenta de que sus ojos grises estaban ardiendo de ira. ¿Me había escogido él? No Nora, ni el resto de los miembros del consejo. ¿Él? ¿Por qué? Si apenas nos habíamos dirigido la palabra.

—Parece ser que no se atrevía a viajar sin un escudo —completó Uria, sonriente. No necesité mirar directamente a los ojos de Unax. La rabia que desprendía podía notarse en la tensión de sus manos—. «Oh, no, Unax, ¿te estoy avergonzando? Perdóname, por favor. Por nada del mundo querría hacerlo. Siempre he valorado la humildad de quien se reconoce vulnerable.»

Le dirigió una última mirada de hielo antes de volver la vista a la pista, y nosotros nos marchamos.

Este encontronazo solo me hizo darme cuenta de que, efectivamente, no eran imaginaciones mías: todo Gaua nos estaba prestando atención. No les culpo. Unax, que antes había sido la joven promesa de su linaje y había gozado de un prestigio social indudable, ahora quedaba relegado a la sombra y había perdido el apoyo de todas las personas que durante años habrían jurado ser sus amigos. Pero lejos de achantarse, había decidido ser líder de la brigada que pretendía arreglar el destrozo de su padre, y había ido a elegir, de entre todas las personas, a la bruja más inútil de Gaua. A la chica esa tan rara que tuvo que probar diez catalizadores antes de dar con el suyo. La chica esa a la que nadie había visto hacer magia todavía.

Y, en medio de los dos, claro, Arkaitz, que no estaba dispuesto a tirar la toalla. Y no porque tuviese una fe ciega en nosotros, precisamente. A veces me parecía que no estaba dispuesto a dar la razón a los rumores, y que su reputación no podría permitirse el regresar del portal sin haber logrado capturar a una criatura gigante de la que pudiera hablar durante años.

—Emma, concéntrate —me dijo de nuevo, esta vez más despacio, como si así fuese a entender mejor sus palabras.

—¡Que no me digas que me concentre! ¿Crees que no lo estoy intentando? ¿Qué demonios significa eso? ¿Que cierre los ojos? Que haga qué, ¿eh?

Él me desquiciaba a mí, pero era evidente que yo también conseguía sacarle de sus casillas. Dejó caer los brazos a los lados de su cuerpo, soltando un resoplido y buscando la mirada de Unax.

—No es cuestión de cerrar los ojos —replicó, frustrado—. Es que lo tienes que sentir.

—¿Sentir qué?

—Pues... ¡yo qué sé! ¡La magia, tía, joder! Unax, ayúdame.

—«¿La magia, tía?» Guau. No me digas más. Tú naciste y ya sabías hacer fuego, ¿no? —Me acerqué a él—. No tienes pinta de haber tenido que aprender a hacerlo nunca. Seguro que tenías a todos pendientes de que lo hicieras bien.

—Emma. —Durante los dos días que llevábamos entrenando, Unax apenas hablaba, por lo que esa palabra cayó entre los tres con una vehemencia aplastante, y no hizo falta decir nada más.

Ya, ya lo sabía. Ponerme a la defensiva y enfadarme no nos iba a llevar a ningún lado.

Me llevé la mano a la nuca. Pese a la nieve que nos rodeaba, estaba empapada de sudor. Llevábamos toda la tarde entrenando, intentando que mi catalizador despertase, poniéndome a prueba con distintos estímulos que se suponía que debían activar mi instinto de supervivencia y hacerme reconectar con mi poder. Para ello, Arkaitz me había lanzado pequeñas bolas de fuego, tratando de que las esquivase invocando a mi escudo, pero algo en mí sabía que no lo iba a conseguir, así que me limitaba a esquivarlos a la antigua usanza. Es decir, corriendo, agachándome y tirándome a la nieve con toda la rapidez que podía. Aun así, una de esas bolas me impactó en el costado, y me había quedado una bonita quemadura que escocía en cada movimiento.

Estaba exhausta. Y frustrada.

Por suerte, también habían intentado darme unas nociones básicas de defensa personal, por si todo lo demás fallaba. No sé si esperaban que fuera capaz de utilizarlas contra un gentil, pero reconozco que no estuvo mal descubrir cómo podía liberarme de las garras de una persona más alta y fuerte que yo tan solo con un par de movimientos hábiles de mis brazos.

Arkaitz me enseñó la teoría un par de veces. Utilizar la fuerza de tu atacante en su contra, y todo eso. Sonaba mucho más fácil de lo que realmente era, pero al final lo conseguí.

—Ahora contra él —dijo.

—¿Es necesario? —se quejó Unax—. Ya has visto que ha aprendido a hacerlo.

Arkaitz se rio.

—Venga, Unax. Que te prometo que Emma no te hará mucho daño.

Por supuesto, aquella provocación fue más que suficiente. Unax se acercó a mí, agitando la cabeza con evidente fastidio, y se colocó justo contra mi espalda. Entonces me envolvió el cuello con uno de sus brazos y tiró de mí hacia su pecho, inmovilizándome. Por unos segundos, no pude reaccionar. Arkaitz era objetivamente más corpulento y fuerte, pero ya me había acostumbrado a la forma de su cuerpo y conocía la posición que debía buscar para tumbarle. Con Unax todavía no sabía qué hacer.

Y además, notaba su respiración contra mi mejilla.

El entrenamiento nos había hecho estar más cerca. Físicamente más cerca, quiero decir. No habíamos parado de practicar, y eso requería que estuviésemos más juntos de lo que habíamos estado nunca, como entonces. En cambio, seguía notándole tan distante y tan frío sin ninguna razón aparente que, de alguna forma, era como si estuviésemos irremediablemente lejos.

Unax seguía a mi espalda. A mí me pareció una eternidad, pero es muy probable que mi vacilación apenas durase unos segundos. En un movimiento firme y seguro me aferré a su brazo con ambas manos, me impulsé y utilicé su propio peso y la inercia del movimiento para hacerle perder el equilibrio y derribarle. Cayó en la nieve, frente a mí, y se llevó una mano a la barbilla sin ocultar su sorpresa.

Arkaitz aplaudía despacio.

—Mira, al menos esto sí lo sabe hacer.

Le fulminé con la mirada. Unax sonrió desde el suelo, incorporándose:

—Y se le empieza a dar bastante bien, Arkaitz, así que yo que tú le daría un poco de tregua.

Me mordí la sonrisa. Arkaitz estiró los brazos y echó

una ojeada a su reloj, suspiró y nos miró alternativamente a los dos.

—Contaba con que hoy hubiéramos cruzado ya al mundo de la luz.

—¿Y por qué no lo hacemos ya? —dije. A fin de cuentas, él no era el único que empezaba a impacientarse. Mis primos ya estaban al otro lado.

—Porque no has hecho magia ni una sola vez, y eso que estás en Gaua. Allí...

—... nuestros poderes estarán atenuados, blablá, ya lo sé —gruñí—. Pero sé hacer otras cosas, os puedo ayudar de otra manera. Además, ¿no se te ha ocurrido pensar que a lo mejor no me sale porque me estáis presionando demasiado?

—¿Y encontrarte a un gentil no te presionaría demasiado? —ironizó.

Unax negó con la cabeza:

—Yo le he visto usar su escudo, Arkaitz. Dos veces. Es verdad que no lo... controla, pero en ambas ocasiones lo convocó en el momento preciso, y te aseguro que era bastante fuerte. Creo que simplemente tiene que sentir una amenaza real.

Me habría encantado creerle, pero todavía podía sentir a la perfección el escozor de la quemadura en mi costado. ¿Por qué no había querido defenderme de eso?

—La pregunta es —le interrumpió Arkaitz—: ¿Nos protegerá a nosotros? Porque si no es capaz de controlar su escudo, ¿cómo sabemos que lo convocará para nosotros si nos estamos enfrentando a una criatura peligrosa?

—Lo hará.

—¿Estás seguro? —Arkaitz dirigió entonces su mirada hacia mí—. Si yo ahora lanzase una bola de fuego en dirección a Unax. Una de verdad, quiero decir, una que realmente pusiera en peligro su integridad física... ¿estás segura de que podrías detenerla?

Abrí la boca para responder, pero las palabras se murieron en mi garganta. No sabía qué decir, pero sentía que por encima de todo debía evitar que hiciera la prueba, porque no estaba en absoluto convencida de que fuera a poder evitarlo. A fin de cuentas, las veces que había conseguido invocar ese escudo había sido para protegerme a mí misma, o a Teo, Ada y Nagore. Personas, en definitiva, que me inspiraban un instinto de protección que me nacía muy desde dentro del estómago. Ayudarles había sido algo tan natural y evidente, tan lógico como saber que les protegería con mi cuerpo si un tren estuviera a punto de atropellarnos. Pero ¿lo haría por él? ¿De verdad sería capaz de parar una bola de fuego dirigida a una persona de la que ni siquiera terminaba de fiarme del todo?

Alcé la mirada, todavía con la boca entreabierta, y mis ojos se toparon con los de Unax, que me miraban con un destello de dolor.

—Mejor no hacer la prueba —dijo, secamente.

Mierda.

Me había leído la mente.

Se dio la vuelta, repentinamente ocupado en recoger algunos de los útiles que habíamos traído para el entrenamiento, y yo cerré los ojos con fuerza. No quería que escuchase eso. No quería que pensase eso, ¡no es como si quisiera que le abrasase una bola de fuego! Simplemente, no sabía si sería capaz de conectar con él hasta el punto de protegerle. Pero de todas formas, ¿por qué tenía que sentirme mal? ¡Si a él no le diera por meterse dentro de mi cabeza, no escucharía cosas que no tenía por qué escuchar!

Unax se giró hacia mí de golpe, con expresión atónita.

—¿Crees que quiero oírlas?

¿En serio? ¿Otra vez? Era el colmo.

—¡Pues no las escuches! —exclamé.

—Lo haría encantado, ¡pero estás gritando todo el rato!

—¿Cómo que gritando? ¡Pero si no lo hago!

—En tu cabeza. Y en la mía, ya de paso, gracias por eso. —Tenía una mano en la sien.

Me revolví confusa, y miré a Arkaitz. Nos observaba divertido. Era consciente de que se había perdido parte de la conversación, pero también era perfectamente conocedor de las habilidades de Unax.

—¿No te han enseñado a ocultar tus pensamientos? —me dijo.

Yo seguía a la defensiva, pero negué con la cabeza. Arkaitz y Unax se miraron, y el primero soltó una carcajada. Sentí mis mejillas enrojeciendo, por una mezcla de vergüenza y rabia.

—¿Y cómo lo hago? —dije.

Unax no se reía. De verdad parecía que le dolía la cabeza.

—No es fácil, y menos todo el rato. Es normal que de vez en cuando..., ante sentimientos o emociones muy fuertes... Pero sí deberías controlarlo, no ya por mí, sino porque esto te hace vulnerable ante cualquier Empático. Pueden utilizarlo para hacerte daño.

—No me digas.

Unax puso los ojos en blanco y negó con la cabeza. Arkaitz se acercó a mí, venciendo la distancia que nos separaba en la nieve.

—Es fácil. Cuando piensas, ¿te das cuenta de que articulas frases dentro de tu cabeza? Eso es lo que oye él. No es que pueda ver dentro de ti o saber qué sientes o qué piensas, o escarbar en lo más profundo de tu mente para obtener información sobre ti. No funciona así. Simplemente te oye. Como cuando hablas. Si no piensas en ninguna frase, no oye nada. Así de simple.

—Pero no puedo no pensar nada.

—Podrás. Más o menos. Es algo así como la meditación. —Se encogió de hombros, y después se acercó a mí y bajó la voz—. Y si no, siempre está el truco de pensar en cualquier otra cosa, para despistar, si no quieres que sepa en qué estás pensando de verdad.

Asentí, aunque sin estar del todo convencida. Pero me pareció que era el primer consejo útil que me había dado en estos dos días.

A nuestro lado, Unax había terminado de recoger.

—Ya es hora, crucemos el portal.

—¿De verdad? —dije.

—Pero si Emma aún no ha conseguido su escudo —se quejó Arkaitz.

—No tenemos tiempo —dijo, zanjando la discusión—. Ya estamos a día 28. Solo quedan tres días antes de Año Nuevo, y si no traemos todas las criaturas de vuelta antes de entonces... solo Mari sabe cuál será nuestro castigo. Debemos marcharnos ya.

Arkaitz y yo nos miramos, pero ninguno le replicamos. En el fondo, ambos sabíamos que tenía razón.

La nieve iluminada por el sol cegó la vista de Unax y de Arkaitz. Se taparon los ojos con las manos, acostumbrándose a la luz, todavía sentados sobre el pozo. Sonreí. No veían absolutamente nada. Y eso que ya estaba anocheciendo, y el destello que emitía la nieve no era nada en comparación con lo que sería una mañana de cielo despejado.

Arkaitz recuperó la vista un poco antes que Unax, aunque era evidente que los ojos le dolían y parpadeaba a menudo para tratar de calmarlos. Era alucinante. Nunca me había planteado que toda una vida en la oscuridad pudiera provocar algo así.

De todas formas, estaban de suerte. Tal y como estaba el cielo, en apenas un par de horas habría anochecido y podrían volver a sentirse como en casa. Cuando Unax se aseguró de que podía mantener sus ojos abiertos, comenzamos a caminar por el bosque, al principio en silencio, tratando de escuchar cualquier rastro o indicio de criatura por la zona, pero al cabo de un rato me percaté de que Unax estaba fijándose en todo, deteniéndose junto a los árboles o escarbando en la nieve en cuanto veía un tipo de planta diferente. Por un momento me pregunté si sería algún tipo de estrategia para seguir el rastro del gentil, pero en el fondo creo que sabía que era algo más. Aquello era curiosidad. La misma con la que Teo y yo nos quedábamos mirando las libélulas que sobrevolaban la nieve, y cada una de las flores que emitían esa luz tenue tan mágica. Para Unax y para Arkaitz, este era el «otro» mundo, y todo a nuestro alrededor les provocaba una mezcla de inquietud y curiosidad.

—Deberíamos ir a Irurita —dije, al cabo de un rato—. Podemos dormir en casa de mi Amona. Mi primo Teo estará allí, con Nagore y las gemelas, pero seguro que mi Amona consigue hacernos un hueco.

Pero Unax negó con la cabeza.

—Prefiero que pasemos la noche en el bosque. Quiero que estemos más cerca de las criaturas, y por la noche nos resultará más fácil sentirlas.

Parpadeé despacio, sin dar crédito a la tremenda estupidez que acababa de soltar.

—¿Qué habíamos quedado con lo de ocultar los pensamientos? —me dijo Unax, enarcando una ceja.

Agité la cabeza.

—Perdona. Pero es que nos vamos a morir de frío si acampamos en la nieve, no tiene ningún sentido.

Arkaitz soltó una carcajada.

—Claro que no nos vamos a morir de frío. —Se llevó una mano al pecho—. Elemental, ¿recuerdas? Puedo encantar la tienda. Solo necesito preparar una hoguera y, ¡bam!, el Caribe a tus pies.

Por insufrible que me resultara ese exceso de seguridad que exhibía, no me quedó otra que reconocer que era una buena solución. Buscamos un rincón en el bosque y montamos la tienda de campaña entre Unax y yo mientras Arkaitz juntaba un par de troncos y los convertía en hoguera con un sencillo chasquido de dedos. Después, un movimiento de manos y toda la tienda pareció recubrirse de un halo de luz.

—Venga, pruébalo. Entra.

Todavía reticente, levanté la tela de la tienda e introduje una de mis piernas. Noté la oleada del calor al instante, y abrí mucho los ojos. Era verdaderamente alucinante.

—Puedo hasta regular la temperatura —me dijo, henchido de orgullo.

—Así está bien —le cortó Unax—. Deberíamos comer algo, la noche puede ser muy larga. He traído un par de cosas que podemos preparar en el fuego.

Nos sentamos alrededor de la hoguera. De su mochila, sacó un termo que contenía algo de carne, un par de pedazos de pan y un poco de queso. Lo suficiente como para aguantar la noche, aunque era más que evidente que tendríamos que ir a casa de la Amona tarde o temprano. Preparamos la carne en el fuego, al principio sumidos en el silencio, rodeados por los sonidos del bosque. Más allá del chisporroteo de las brasas, comenzaba a oírse el ulular de algún búho y el baile de las hojas contra el viento.

Respiré despacio, disfrutando de la sensación, con el olor de la comida haciendo rugir mi estómago y mis botas enterradas en la nieve.

—¿Nunca habías estado en el mundo de la luz? —Fue Arkaitz, (¿cómo no?), quien rompió ese silencio. Miraba a Unax, mientras daba la vuelta a la carne.

No pude evitar responder en su lugar.

—Sí ha estado. Al menos una vez.

Concretamente, aquella vez que se dedicó a estar durante días deambulando por los alrededores de Irurita, para convencer a Ada de que cruzase el portal y así la raptase su familia.

Unax clavó su mirada en la hoguera antes de responder:

—Solo una vez.

Arkaitz parecía extrañado.

—Pero todos vamos varias veces antes de la Gran Decisión. ¿No hiciste un intercambio? ¿Ni un invierno, siquiera?

Unax se encogió de hombros.

—Nunca me lo planteé como una posibilidad.

Esta vez, Arkaitz no respondió. Se limitó a asentir con la cabeza.

También yo asimilé sus palabras sin decir nada. Tenía cierto sentido, ¿no? Hasta entonces, toda su vida había estado en Gaua. Sus padres, el linaje de los Empáticos... todo su destino se había tejido con un hilo tan firme que probablemente lo más sencillo para él había sido precisamente eso: no descubrir las alternativas, porque sencillamente no habría podido escogerlas. No estaban hechas para él. ¿Para qué torturarse descubriendo una vida que jamás sería suya? Y en cambio, ahora, ¿qué le quedaba en Gaua? Había perdido su casa, su prestigio, su opción de liderazgo del linaje, a su familia y a todos sus apoyos. Toda la vida que se había construido se había desmoronado por completo y no le quedaba nada. Y, por cómo se pavoneaba Uria, no parecía que la situación fuese a cambiar para él en un futuro cercano.

Si jamás podía llegar a ser el líder de los Empáticos,

¿qué sería de él? ¿Se plantearía la opción de quedarse en el mundo de la luz?

Arkaitz carraspeó.

—Oye, Unax, estoy pensando. Estoy haciendo cuentas y no tiene sentido. Vas un curso más avanzado que yo, y yo cumplo los quince ahora en marzo, y estoy pensando que es que o eres superdotado y te han subido de curso o que —se frotó la frente—. ¿Cuándo...? ¿Cuándo es tu cumpleaños?

Unax soltó un sonido parecido a una risa antes de responder:

—Efectivamente, voy un curso por encima de ti porque nací antes de Año Nuevo. El 31 de diciembre, concretamente.

Le miré, atónita. ¿El 31 de diciembre? ¿Nos estaba diciendo en serio que cumplía quince años dentro de tres días?

Arkaitz se puso de pie.

—¡¿Te has vuelto loco?! —exclamó—. ¿Cómo se te ocurre venir aquí tres días antes de tu Gran Decisión? Tú eres consciente de que tienes que estar en el mundo que elijas, ¿verdad? Y que es irreversible, y todo eso.

Unax asintió repetidamente.

—Sí, sí, lo sé, he pensado en todo. Parece ser que, frente a lo que todo el mundo cree, la Gran Decisión no debe tomarse antes de las doce de la noche, sino justo antes de que caiga el primer rayo de sol encima del portal. En el mundo de la luz, claro está.

—Bueno, me da igual. Es decir...—continuó Arkaitz, agitado—. Me estás diciendo en cualquier caso que tienes hasta... ¿qué hora?, ¿las siete de la mañana del día 31 de diciembre?, ¿las ocho, si me apuras? Que eso es ya. Ya, YA.

—Sí, sí, lo sé, pero igualmente para entonces tendríamos que haber acabado el trabajo. Para ese momento todas las criaturas deberían estar en Gaua, como nosotros, y tendríamos que estar centrándonos en cerrar el portal. Habré vuelto a casa antes del 31.

Estaba claro que había dedicado bastante tiempo a pensar en ello. Con toda seguridad, era algo que había hablado con Nora y con el resto de los líderes, y habrían evaluado muy bien los riesgos. Aun así, Arkaitz seguía negando con la cabeza mientras volvía a sentarse.

—No sé, tío. Me parece arriesgado. ¿Y si pasa cualquier cosa? Ya sabes cómo va esto. Una cosa es el plan, pero si luego una criatura se nos resiste, ¿qué vas a hacer?

—Marcharme a su debido tiempo. Confío en vosotros, terminaríais el trabajo por mí.

—¿Y si no puedes volver? ¿Y si... por lo que sea te quedas atrapado aquí y no puedes volver y permaneces para siempre en el mundo de la luz? Que tres días es muy poco margen, tío. No sé...—No paraba de negar con la cabeza, enredando las manos entre su pelo.

Yo les miraba en silencio, sin atreverme a decir nada. Para ambos, la opción de quedarse «atrapado» en el mundo de la luz después de los quince era una realidad inconcebible. Porque una vida sin magia probablemente ni siquiera tuviera sentido para ellos.

Algo me pesaba en la garganta, aunque no sabía exactamente el qué. Pero de pronto quería huir de esa conversación y pensar en cualquier otra cosa.

—Chicos, yo realmente no tengo mucha hambre. ¿Cómo lo vamos a hacer para dormir? ¿Vamos a hacer turnos?

—Era la idea. ¿Estás cansada? —preguntó Arkaitz. Yo asentí y, aunque esa no era la verdadera razón de mi huida, tampoco mentía en absoluto. Me dolía la quemadura de mi costado, y sentía las magulladuras de todo mi cuerpo tras dos días de entrenamiento intenso en la nieve. En el fondo, dormir me iba a sentar muy bien—. De acuerdo. Podéis iros a dormir vosotros dos, yo haré guardia el primero.

Le obedecí de buen grado, aunque Unax se quedó con él un buen rato, para terminar de cenar. En el fondo, agradecí tener ese momento sola, y cerré la tienda tras de mí para recuperar el ritmo de la respiración y conseguir que los ojos me dejasen de picar.

¿Qué demonios me pasaba ahora? ¿Era por la magia? ¿Era por saber que yo nunca viviría la vida que tenían ellos? ¿Que para mí Gaua no significaba lo mismo que para alguien como ellos? Supongo que sí, pero es que a la vez, ¿qué tenía el mundo de la luz para mí? Más allá de mis padres, no tenía un verdadero arraigo por ninguno de los dos mundos. ¡Y eso debería hacérmelo más fácil! Pero es que sentía que, hiciera lo que hiciese, iba a terminar siendo una inadaptada en cualquiera de los dos.

Y eso no era todo, ¿verdad? El nudo seguía ahí, en mi garganta, y en mi cabeza se repetía una y otra vez esa seguridad tan aplastante, esa determinación de Unax al hablar de Gaua, como si su decisión llevase tomada toda una vida y no hubiera más que hablar. Como si lo contrario fuese una tremenda estupidez.

Respiré hondo, mirando a mi alrededor. El encantamiento de Arkaitz había empapado el interior de la tienda de un calor que desentumecía cada uno de mis músculos doloridos. Estaba demasiado cansada como para pensar en esas cosas, así que decidí meterme en el saco y cerrar los ojos. Poco a poco, sentí mi cuello y mis hombros relajarse, dejándose abrazar por esa sensación, hasta que me quedé dormida.

No sé en qué momento abandoné la tienda y me fui lejos, muy lejos de allí. Antes de que me diera cuenta, estaba en Alemania. Me pareció que estaba en el río Eder, cerca de Affoldern, donde a veces solíamos ir en verano. Estaba dentro de una canoa y no necesitaba mirar, porque sabía, con absoluta certeza, que mis padres estaban detrás de mí. Era algo que solíamos hacer juntos y me encantaba. Mi padre, que era el que tenía más fuerza y aguante remando, se montaba detrás del todo, y mi madre trataba de seguirnos el ritmo en el medio, aunque siempre terminaba por cansarse y apoyar el remo sobre sus piernas. «¡Es que vaya caña le metéis a esto!», se quejaba, y papá y yo acelerábamos por el simple placer de hacerla rabiar.

Avisté un rápido, y me dirigí a él sin dudarlo. ¡A papá y a mí nos chiflaban los rápidos! Y nos encantaba meternos de lleno y levantar los remos para dejarnos llevar por la corriente, muertos de risa, mientras mamá chillaba y nos decía que nos iba a matar. Pero nunca nos caímos. Ni una sola vez. Por eso me dirigí hacia él con la absoluta seguridad de que nos lo íbamos a pasar bien, aunque... aunque...

Fue como si algo cambiase en el agua. Nada que pudiera ver. Solo algo que de pronto sabía. Como si sintiese de repente que algo iba mal y que ese remolino no iba a ser divertido. Quise frenarlo. Quise remar en otra dirección, cambiar de rumbo, pero por mucho que remaba con toda la fuerza del mundo, nuestra canoa iba directa e inevitable hacia ese remolino oscuro. Quería gritar. Sentía el corazón a punto de estallar.

—¡Mamá! —grité—. ¡Papá!

Y entonces me giré para mirarles.

Pero ellos no estaban ahí.

En su lugar, una criatura me miraba fijamente y me robó el aliento de inmediato. Estaba encorvada, cubierta de una fina capa de pelo que dejaba entrever su piel arrugada. Su cabeza era desproporcionadamente grande y su sonrisa... esa sonrisa era la imagen más terrorífica que había visto en mi vida. No pude moverme. No pude gritar. No pude resistirme.

Sencillamente, esa criatura llevó sus manos a mi garganta, clavó sus uñas y yo dejé de respirar.

—¡Emma! ¡EMMA!

Me desperté. Unax me sujetaba por los hombros, y me miraba alarmado. Me llevé instintivamente las manos a la garganta.

—No podía... —traté de decir—. No podía resp...

—Shhh. Ya lo sé —dijo, pero no logró calmarme ni un poco. Todavía sentía las garras de ese bicho clavadas en mi cuello.

¿De verdad había sido un sueño? Había sido demasiado real. Me dolía respirar, y esa sonrisa. Esa sonrisa... No podía quitármela de la cabeza. Noté un par de lágrimas calientes resbalando por mis mejillas. Unax me abrazó, apretándome con suavidad.

Solo entonces me di cuenta de que había encendido la luz. A mi lado, su saco de dormir estaba hecho un ovillo. ¿Le había despertado por culpa de una estúpida pesadilla?

La entrada de la tienda se abrió. Arkaitz asomó la cabeza.

—¿Todo bien por aquí?

Me aparté del abrazo de Unax y me apresuré a limpiarme las lágrimas, avergonzada.

—He tenido una pesadilla.

Pero Unax me miró y negó con la cabeza.

¿Por qué tenía esa expresión tan asustada?

Fruncí el ceño.

—No ha sido una simple pesadilla —dijo despacio, y miró a Arkaitz con cara de circunstancias.

Él se puso lívido.

—¿Estás seguro?

—Lo he visto yo mismo. Ha huido nada más encender la luz, no he tenido tiempo de reaccionar.

Arkaitz se llevó la mano a la frente y la masajeó con los dedos. Los dos parecían abatidos, pero yo no me estaba enterando de nada.

—¿Puede alguien explicarme qué es lo que está pasando?

Se miraron unos instantes entre ellos, antes de que Unax se dirigiera hacia mí:

—Creo que has conocido a Inguma, el tejedor de pesadillas.

Sentí que se me paraba el corazón.

¿Inguma?

Había oído hablar de él. ¿Pero dónde? De pronto, mi cabeza reconectó las ideas como si resolviese un crucigrama y me remontó a la cena de Nochebuena, cuando la

Amona nos contó historias de miedo para el disgusto de nuestros padres. ¡El tejedor de pesadillas! ¡Ese bicho que se alimentaba de tu miedo!

—¿Hablas... de la criatura esa que entra por las noches en las casas y...? —dije.

—Asfixia la persona que duerme, generándole unas pesadillas terroríficas y dejándole sin respiración.

Me llevé de nuevo las manos a mi garganta. Así que esa cosa había sido real. De todas las cosas que nos había contado la Amona jamás, me parecía de lejos la leyenda más oscura y horrible. Ni siquiera me la había tomado en serio cuando nos la contó. No estaba preparada para imaginar que pudiese existir de verdad, pero mucho menos para imaginar que...

—Ha cruzado el portal —dije.

Arkaitz asintió.

Los tres compartimos una mirada cargada de preocupación.

De pronto, los gentiles ya no eran para tanto.

Había que devolverlo a Gaua.

10

Teo

Ada estaba rarísima.

Vale, sí, sé lo que estás pensando: Ada siempre estaba rara. Y tienes razón, pero quiero que esta vez te la imagines aún más rara de lo habitual. Irascible, con la frente arrugada, rozando lo insufrible. Pasaba el día con nosotros y nos acompañaba en la búsqueda de galtxagorris, pero, en el fondo, era como si no estuviera. Se limitaba a seguirnos como una triste sombra, sin hacer más ruido que el crujido de la nieve bajo sus zapatos. Si le preguntábamos si le ocurría algo, o si intentábamos hablar con ella de cualquier cosa (incluso para pedirle que nos acercase un trozo de leña, o que sacase algo de mi mochila), respondía de malas formas. Cortante y afilada. Como cuando un animal ruge y enseña sus dientes para advertirte de que no te acerques demasiado.

Supongo que solo las gemelas sabían lo que pasaba por su cabeza. Nagore y yo, desde luego, no entendíamos nada.

Nos mirábamos de vez en cuando, pero ella me indicaba con un gesto que era mejor dejarla tranquila.

En medio del bosque, Enea sujetaba el cuaderno entre sus manos.

—El trabajo de las brigadas está...

—... casi terminado —continuó su hermana.

Me asomé por encima de su hombro, para comprobar todo el listado de galtxagorris, lamias y gentiles tachados. Se me ensanchó la sonrisa, y probablemente también un poco el pecho. Vale que el logro no era mérito exclusivamente nuestro (habían partido unas seis o siete brigadas más que también estaban haciendo su trabajo por su cuenta) pero ¿para qué mentir?, me sentía personalmente satisfecho. De algún modo Nagore y yo habíamos aprendido a comunicarnos simplemente con una mirada rápida y, en menos de una fracción de segundo, éramos capaces de ponernos de acuerdo y capturar a una criatura haciendo un único movimiento. Eso, unido a la eficiencia de las gemelas, estaba convirtiéndonos en una brigada invencible.

Volví a echar una ojeada al listado.

—Dos galtxagorris. ¿Solo faltan dos? —dije.

—Efectivamente. Solo dos.

—¿Y a qué esperamos?

—Un segundo —me indicó Nagore.

Mientras las gemelas y yo revisábamos el cuaderno, Nagore se había detenido en el bosque, apenas a unos escasos metros del portal. Nos daba la espalda y estaba en silencio, con la cabeza ligeramente agachada, como si estuviera rezando. Los copos de nieve se agolpaban sobre su gorro de lana.

Me acerqué hacia ella despacio y, al hacerlo, me di cuenta de que, en realidad, no estaba mirando al pozo en sí, sino que se encontraba parada frente a un árbol en concreto. Solté un silbido, mirándolo de arriba abajo, sorprendido. No sé si era el árbol más grande que había visto en mi vida pero, desde luego, sí era uno de los más impresionantes. Comenzaba en un tronco frondoso, de una madera ligeramente más grisácea que el resto de los árboles, envuelto en un millar de ramas que se entrelazaban hasta desprenderse de él y divergir en miles de hojas oscuras, muy pequeñitas, de forma ovalada. Me fijé esta vez en el suelo. Las raíces emergían de la tierra como si fueran serpientes y, a su alrededor, la nieve parecía brillar con un poco más de fuerza.

Había algo más en ese árbol. Algo que no habría sabido explicar. Una especie de energía extraña. No sabía bien por qué, pero no podía dejar de mirarlo, y se apoderó de mí la necesidad imperiosa de tocarlo. Avancé sobre la nieve, sin saber qué es lo que estaba a punto de hacer, pero convencido de que tenía que hacerlo, y eché un vistazo a Nagore y a las gemelas, que me observaban detrás de mí. Nagore asintió con la cabeza, animándome a hacerlo, y fue el impulso que necesité para llevar mi mano a su tronco. En el mismo preciso instante en que las yemas de mis dedos entraron en contacto con la madera, sentí un escalofrío recorrerme la piel, desde los talones hasta la punta de la nariz. Fue tan intenso que aparté la mano de golpe, sobresaltado.

—¿Pero qué...? —Me miré la mano, por ambos lados, buscando algún rastro de lo que acababa de ocurrir—. ¿Cómo ha...?

Nagore sonrió.

—Es el Basoaren Bihotza.

—¿Cómo?

—El corazón del bosque —dijo, y su voz pasó a ser un susurro. A su lado, las gemelas comenzaban a agacharse en perfecta sincronización, hasta hundir sus rodillas en la nieve. Inclinaron la cabeza, como si estuviesen siguiendo una especie de ritual en señal de respeto—. Es un árbol importantísimo. Se cree que fue el primero de este bosque y que de alguna forma es el padre de todos los demás.

Ada miraba a las gemelas como si se hubieran vuelto locas, y se cruzó de brazos.

—¿Y esto que he sentido? —insistí.

—Recuerda que la magia de los catalizadores proviene de la madera de este bosque. Escogiste tu flauta en la Sala de los Cien Árboles, ¿te acuerdas? Son cien, y están todos aquí. —Sonrió, y señaló al que tenía frente a mí—. Y todos están conectados con Él.

Tragué saliva y lo miré de nuevo, deteniéndome en

los detalles de su tronco y en los dibujos que hacía el musgo helado sobre su corteza. Acerqué de nuevo mis dedos y los coloqué a escasos milímetros de ella. Pude ver la energía. La magia. Verla de verdad. Con mis propios ojos. Apenas era perceptible, pero para mí no cabía duda de que estaba ahí, haciéndome cosquillas, emitiendo una especie de chispas pequeñitas que me erizaron el vello de la nuca.

—Qué pasada —susurré. No podía decir nada más.

—Si tenemos poderes en el mundo de la luz, es gracias a este árbol. Al contacto de sus hojas con el aire. —Sonrió y aprovechó para acariciar una de sus pequeñas hojitas—. Vamos, agachaos.

Obedecí, imitándolas a tientas, juntando mis rodillas en la nieve. Ada me miró y dudó un par de segundos antes de seguirme, pero lo hizo. Estaba seguro de que sentía la misma curiosidad que yo. Miré a Nagore.

—¿Y ahora qué? —dije. A su lado me sentía un poco torpe.

—Nada —respondió—. Solo sentidlo. Tocad la tierra, cerrad los ojos, respirad.

La obedecí, aunque de primeras me pareció una idea terrible: ¿tocar la tierra cubierta de nieve, con mis manos desnudas? Me iba a congelar. Pero las gemelas parecían sorprendentemente cómodas haciéndolo, y las mantenían en el suelo con una expresión tan apacible en la cara que, en fin, yo qué sé, tuve que intentarlo. Porque había algo en ese árbol que me hacía saber que sí, que era posible, que no era tan descabellado pensar que eso no iba a doler, y que iba a encontrar la explicación de ese ritual en el momento en que lo hiciera.

Por eso, cuando mis manos se enfrentaron a una nieve caliente, no me sorprendió. Solo cerré los ojos, hundí los dedos hasta tocar la tierra y respiré. El calor subió por mis muñecas, trepó por mis brazos y mis hombros y recorrió mi cuello hasta meterse por mi nariz. Lo sentí, latiendo dentro de mi corazón.

Si no hubiera sabido que todo iba a estar bien, habría pensado que latía tan deprisa que podía romperse.

Fue la sensación más increíble de mi vida.

Volvimos a casa un par de horas después, agotados y hambrientos, pero la Amona no nos estaba esperando dentro de casa. Yo la imaginaba como cada día, enfundada en su delantal a cuadros, con la cena terminando de prepararse en el fuego, pero en su lugar nos la encontramos en el huerto, abrazándose a un mantón de lana gruesa y hablando con Emma. La acompañaban Unax y Arkaitz. No nos dio tiempo de darles la bienvenida ni de preguntarles qué tal había ido el entrenamiento ni si tenían mucha hambre. La mirada de preocupación de Emma atravesó el aire como un rayo y nos dejó sin habla.

—Tengo que contaros una cosa —dijo.

Entramos dentro de casa. Cuando Emma nos habló de lo que habían visto, la Amona reaccionó parpadeando despacio, asintiendo con la cabeza y ajustándose un par de horquillas en su moño con toda la precisión que le permitían sus dedos. Después, se encargó de poner tres platos más a la mesa y darnos de cenar a todos sin que nadie se quedase con hambre, nos mandó recoger y se encargó de limpiar la cocina. Y todo esto lo hizo en el más absoluto silencio, mientras Emma y yo nos mirábamos sin poder entender por qué no decía nada.

¡Nada! ¡Que se trataba del Inguma! ¡Del mismo bicho tremendo del que nos había hablado en Nochebuena! Necesitaba que me dijese que lo que estaban explicando era imposible, y que bajo ningún concepto ese bicho era real y andaba por ahí, en medio del bosque, pasándoselo bomba.

En cambio, la Amona esperó hasta haber secado el último cubierto. Después, volvió a la mesa arrastrando las pantuflas y frotó las manos contra un trapo que después depositó, perfectamente doblado, sobre el respaldo de su silla.

—A ver —dijo, y lo acompañó de un leve carraspeo antes de alzar la mirada y clavarla directamente en los ojos de Unax—. ¿Estás seguro de que era el Inguma?

—Completamente seguro. Era una mezcla de humano y duende, estaba encorvado y cubierto de pelo y... —Miró a Emma—. La estaba asfixiando con las manos, hasta que vio que le había descubierto. Entonces desapareció.

—Tuve una pesadilla —dijo Emma—. Unax dice que eso lo hizo él. El Inguma. ¿Es verdad? ¿Puede hacer eso? Porque parecía... parecía muy real.

Lo dijo con una voz mucho más bajita a la que nos tenía acostumbrados. Creo que en el fondo le daba vergüenza admitir que ella, Emma, la que nunca le tiene miedo a nada, se había asustado por un sueño. De no haber estado asustado yo también, habría disfrutado muchísimo metiéndome con ella. Pero ¿cómo no iba a estarlo? Vamos a ver. Que por lo visto había un bicho —¡un bicho feísimo!— que se te aparecía en medio de la noche mientras dormías, te provocaba pesadillas y te ahogaba.

¡Y no nos habían dicho nada! Claro, porque lo de que en el Ipurtargiak nos contasen todas esas cosas sobre biología y botánica era importantísimo, pero saber que había una criatura que podía matarte (¡literal!) de miedo era un detalle sin importancia del que podían prescindir perfectamente.

No voy a mentir: estaba un poco indignado.

—El Inguma puede hacer esas cosas —dijo la Amona—. Pero llevaba una temporada más bien tranquilo. Con la separación del mundo en dos, decidió rendir lealtad a Gaueko y eso limitó muchísimo su actuación. Pero es cierto que hubo un tiempo, antes de eso, en que estaba verdaderamente descontrolado, y tuvo consecuencias fatales para algunas familias. Fue una época verdaderamente turbulenta.

—Pero ahora ha cruzado al mundo de la luz —dijo Unax.

La Amona tenía la mirada clavada en la mesa.

—El otro día... habría jurado que lo vi, pero deseché la idea de inmediato. —Se dirigió entonces a mi prima pequeña—: ¿Te acuerdas de aquel día que gritaste porque habías tenido una pesadilla, Ada? ¿Que te dije que yo también? No había sido una pesadilla normal..., fue especialmente terrorífica, muy real, como si alguien conociera mis miedos más profundos y me los exhibiera delante de mí. Cuando abrí los ojos juraría haberlo visto, pero desapareció.

Parpadeé, atónito.

—¿Por qué no nos dijiste nada?

—Porque no quería creerlo, Teo. También Ada estaba teniendo pesadillas, y lo sospeché, pero por otro lado deseaba con todas mis fuerzas estar equivocada. El Inguma es un fiel discípulo de Gaueko, se alimenta del miedo y vive entre las tinieblas. El hecho de que haya cruzado el portal...

Unax parecía comprender lo que quería decir, siempre un poquito más deprisa que el resto de nosotros:

—Tenemos que llevarlo de vuelta, con el resto de las criaturas, antes de cerrar el portal. Aquí puede estar fuera de control.

La Amona asintió despacio y Emma volvió a preguntar:

—¿Puede... esa cosa hacernos daño? Me refiero a daño de verdad.

—No busca hacernos daño. No tendría por qué. Pero tiene un concepto extraño sobre la diversión.

—Las pesadillas.

—Disfruta llevando a la gente al límite. Un brujo puede lidiar con ello, no es agradable, pero conocemos al Inguma. Hemos oído hablar de él desde pequeños y sabemos que está ahí, aunque lleve años sin aparecer. —Respiró profundamente—. Pero si un humano, un humano sin idea de Gaua, despierta de repente con unas zarpas rodeándole el cuello, en medio de una pesadilla terrorífica... podría volverse loco de manera irreversible.

—O morir —añadió Unax, pese a que la Amona lo fulminó con la mirada. Él no quería andarse con medias tintas—. Ha pasado antes.

Alrededor de la mesa se formó un silencio tan espeso que casi podía tocarlo con las manos. La Amona no dijo nada. Se limitó a mirarnos a todos, uno a uno, tal y como estábamos sentados a la mesa: primero a las gemelas, después a Ada, luego a Nagore, a Emma, a Unax, a Arkaitz y, por último, a mí.

—Esto es demasiado peligroso —dijo al fin—. Alguno de vosotros debe volver y alertar a Nora de lo que está pasando. Esta misión es, a todas luces, mucho más de lo que puedes pedirle a un niño. No deberíais tener que encargaros de esto solos.

Ada chascó la lengua con fastidio y, por un momento, temí que se levantase de la mesa y se fuese furiosa. No me habría sorprendido: tal y como estaba pasando estos días, ya llevaba demasiado tiempo callada y sin mascullar alguna barbaridad.

—Vosotras dos —indicó, señalando a las gemelas—: Volveréis mañana. Esta noche dormiréis aquí y descansaréis, pero sois demasiado pequeñas para algo así. Nos haréis más falta al otro lado.

Si estaban de acuerdo o no, eso es algo que no sabremos nunca. Pero de lo que estaba seguro es de que entre ellas estaban teniendo una conversación mental de lo más entretenida. Ambas asintieron con la cabeza a la vez y sonrieron levemente, también coordinadas, con la comisura derecha de sus labios.

—Arkaitz nos acompañará —dijo Enea.

¿Arkaitz? Alcé una ceja. ¿Por qué Arkaitz? ¿Por qué precisamente el segundo miembro mayor de este grupo, después de Unax? ¿Precisamente un Elemental, que podía, no sé, dejar al bicho frito con una bola de fuego?

Arkaitz abrió mucho los ojos, despegó la espalda del respaldo y agitó la cabeza, como si todo aquello le sorprendiera tanto como a mí. Tanto, tanto, tanto... que empecé a pensar que lo que estaba sintiendo era un alivio tremendo.

—¿Yo? Bueno. No sé si debería... ¡en fin!, querría

quedarme a ayudar, pero es cierto que... bueno, que alguien debería acompañaros a vuestra vuelta y asegurarse de que lleguéis bien y todo eso. —Se aclaró la garganta y nos dedicó un gesto de excesiva solemnidad—. Me ofrezco a acompañarlas personalmente.

Esta vez fue Emma la que negó con la cabeza, atónita.

—Lo sabía —le dijo—. ¡En el fondo no eres más que un cobarde!

La Amona les obligó a callar, pese a los esfuerzos de Arkaitz por defenderse y expresar lo ofendido que se sentía ante una acusación como esa mientras Emma se reía y se cruzaba de brazos. Las gemelas empíricas parecían genuinamente entretenidas con todo aquello, y a mí no me cupo duda de que habían leído el miedo en su mente, con la misma claridad con la que yo podía ver el fuego de la chimenea que tenemos delante. La verdad es que para ser uno de los chicos más populares del Ipurtargiak y toda una leyenda entre los Elementales... era bastante decepcionante.

—Yo quiero quedarme —dijo Nagore.

—Es peligroso —repitió la Amona.

—Soy consciente. Pero Teo y yo hemos entrenado mucho y se nos da francamente bien —dijo, y yo traté de no sonreír mucho, pero no estoy seguro de haberlo conseguido—. Estamos preparados para ayudar.

—Yo también me quedaré —dijo Unax, aunque su voz se cortó a mitad de la frase y miró a la Amona, a Ada y a Emma antes de continuar—: Si os... parece bien. Soy consciente de que... Soy consciente de lo que hice. Y sé que pediros que me dejéis entrar en vuestra casa es... Bueno. Pero quiero quedarme, si me dejáis.

La mirada de Emma estaba clavada en la mesa. Ada se limitó a encogerse de hombros. La Amona, en cambio, asintió.

—Me quedaré más tranquila sabiendo que hay un Empático acompañando a mis nietos —dijo, aunque había algo de severidad en su voz—. Confío en que los protegerás por encima de todo.

Sonaba a advertencia.

Unax tragó saliva.

—Lo prometo.

11

Ada

Una noche más corriendo por el bosque. En el fondo, una parte de mi mente había aprendido a saber darse cuenta de que estaba soñando, pero no intentaba despertarme. No me incomodaba esa sensación. Me daba un poco de miedo, pero algo en lo más profundo de mi estómago me hacía querer saber más, querer avanzar más en ese sueño que parecía producirse poco a poco, llegando un poco más lejos cada día.

La Amona estaba segura de que el Inguma era quien estaba detrás de nuestras pesadillas, y supongo que eso debería asustarme, pero de alguna forma no sentía que hubiera nada de terrorífico en ese sueño. Yo simplemente corría rodeada de lobos, sintiéndome uno más, libre y cómoda en su piel, notando el bosque moverse a toda velocidad.

Y entonces me encontraba frente a ese árbol tan misterioso. Normalmente, ese era el momento en que me despertaba, pero aquella noche quise alargarlo un poco más y luché contra el instinto de abrir los ojos y despertarme en la cama. En su lugar, me acerqué al árbol despacio, alentada por la manada de lobos que me rodeaba. Era verdaderamente enorme, frondoso e imponente. Me situé muy cerca y presa de un instinto animal nuevo en mí, olfateé las raíces que emergían de la tierra hasta que lo comprendí: ¡era el Basoaren Bihotza! El origen de la magia de los Sensitivos, el mismo árbol en el que las gemelas y Nagore habían hecho ese ritual tan raro. Pero no tenía sentido. ¿Por qué aparecía todas las noches en mis sueños? ¿Qué podía significar? ¿Tendría algo que ver con mis propios poderes? De pronto, me di cuenta de que el árbol comenzaba a moverse. Me alarmé y traté de dar un paso atrás, pero era demasiado tarde porque ya no pude hacer nada para escapar. Las ramas salían de todas partes, trataban de atacarme y se entrelazaban a mi alrededor. Me defendí como pude: con las patas, con las garras y los colmillos, tratando de zafarme, pero sus ramas eran más fuertes y me hacían más y más pequeñita, hundiéndome en la tierra. Quise gritar, pero no podía. Mi garganta estaba aprisionada y no emitía ningún sonido. Apenas podía respirar.

«Despierta, Ada, despierta», me dije. Pero antes de que pudiera conseguirlo, adiviné una figura encorvada, cubierta de pelo, como un duende gigante, que me observaba entre las sombras. Sus ojos eran dos puntos amarillos que brillaban con el reflejo de la luna. Estaban clavados en mí.

—¿Sabes quién eres?

¡Era el Inguma! No me cabía ninguna duda. Su aspecto encajaba perfectamente con la descripción que nos había dado Unax, y la simple visión de sus ojos le habría helado la sangre a cualquiera. Mi propio corazón luchaba por salirse de mi pecho y temí que fuera a dejar de latir de golpe. ¿Que si sabía quién soy? ¿Qué importaba eso ahora? Ese árbol estaba a punto de matarme.

—Sálvate —dijo la criatura. Su sonrisa dejaba ver una hilera de dientes afilados y amarillentos.

«Pero ¿cómo?», quise replicar, tras clavar mis fauces en una rama y liberar mi hocico. Aunque no fueron palabras lo que emergieron de mí. En su lugar, emití un aullido agudo y largo que irrumpió en la noche y estremeció al bosque entero. Poco a poco, el resto de los lobos me siguieron y comenzaron a aullar al unísono, acompañándome en ese baile de sonidos hasta formar un grito único que emergía de todas partes, haciendo temblar la tierra.

El Inguma, que me observaba en cuclillas, se llevó el puño cerrado a la boca conteniendo una risa satisfecha. Fue todo lo que pude ver. Esa risa contenida. Esa felicidad histérica y fascinada. Mientras tanto, todo a mi alrededor explotó y una hilera de tinieblas cubrió el árbol, liberándome de mi prisión, mientras los lobos devoraban sus ramas.

Delante de mí, la nieve brillaba con más fuerza que nunca.

Me incliné sobre ella para observar mi reflejo y los ojos de un lobo me devolvieron la mirada.

—Mi señor te ha escogido para salvar a las criaturas, Hija de las Tinieblas —dijo el Inguma. Aunque yo no le miraba. No podía apartar la vista de mi reflejo, feroz y poderoso sobre la nieve—. Te ha encontrado.

Y desperté.

No fue como otras veces. Desperté con un intenso dolor en la garganta y me llevé una mano al cuello de manera instintiva. Estaba tan agitada que me costaba respirar. Pero solo había sido un sueño, ¿no? Un sueño tremendamente realista, y ya no me quedaba ninguna duda de que había sido cosa del Inguma, pero... ¿su señor? ¿A qué se había referido con eso? ¿Significaban sus palabras que Gaueko me había encontrado?

Por primera vez, sentí el instinto de buscar a la Amona y contárselo todo, así que salté de la cama y bajé las escaleras de dos en dos. Hoy estábamos solas. Solo quedaba un día más para que el portal se cerrase para siempre y Emma, Teo, Unax y Nagore estaban en el bosque, buscando a los últimos dos galtxagorris que faltaban por cruzar y tratando de encontrar una manera de atraer al Inguma, pero yo había decidido quedarme en casa. Para sorpresa de todos. O para alivio de todos, más bien. La Amona se encargó de decir una y otra vez que en el fondo era mejor así y que debía descansar, que todo esto estaba siendo demasiado intenso y que podría llegar incluso a ser peligroso para mí.

Podía notarlo. El alivio de que por una vez hubiese decidido quedarme en casa, quiero decir. Los veía mirarse, con esa mezcla extraña de preocupación y hartazgo cada vez que abría la boca, como si fuese una carga molesta de la que nadie quisiera ocuparse. Así que todos ganábamos, ¿no? Tampoco yo tenía unas ganas especialmente grandes de acompañarles a devolver a unas criaturas inocentes a un mundo que no habían elegido.

Además, hacía un par de días que me encontraba peor que nunca. Todo ese cansancio que llevaba arrastrando desde el verano se estaba haciendo más fuerte, más intenso, como si dentro de mí se estuviera librando una batalla que me estaba dejando absolutamente exhausta. Sentía la sangre palpitando en mi cabeza, bombardeándola. Me dolían los ojos. Estaba agotada y débil, como si no hubiera dormido durante días. Tal vez por eso me había quedado dormida de nuevo cuando volví a mi cuarto después de desayunar. Pero aquel sueño me había dejado más derrotada que nunca. A fin de cuentas, ¿realmente duermes cuando sueñas? ¿Podemos hablar de descansar cuando tu cabeza está dando más vueltas que una lavadora?

—Amona —dije. La encontré barriendo el salón y reorganizando mantas y cojines.

—¿Ya te levantas? Hala, ayúdame con... —comenzó a decir, pero cuando levantó la mirada y me vio, se quedó callada de golpe y dejó la escoba contra la pared—. ¿Qué te ha pasado?

—No es nada...

—Pero si estás blanca como una hoja. Y temblando. ¿Tienes fiebre? —Me llevó la mano a la frente y después a la nuca—. No parece que tengas fiebre.

Antes de que pudiera explicarle nada más, me obligó a sentarme un rato en el sofá, mientras me repetía que esto era un claro ejemplo de que tenía razón y de que la situación estaba siendo demasiado estresante para mí. Y que era normal que estuviera viviendo tantas emociones juntas, y que debía tratar de descansar más y dejar de intentar demostrarle tantas cosas a todo el mundo.

—No intento demostrar nada —mentí, irritada.

—Mejor. Porque ya lo hemos hablado, y por mucho que quieras ayudar, hay cosas que es mejor que hagan ellos. No ya porque sean mayores que tú, sino porque están acostumbrados a sus poderes.

—A lo mejor yo lo estaría si alguien me dejase intentarlo.

—Ada, que esto no es una negociación —me riñó—. Además, que hay otras muchas maneras de ayudar. Sé que te gustaría estar ayudando a encontrar a los galtxagorris que faltan, pero...

No la dejé terminar la frase, porque solté un resoplido. Ni siquiera pretendía hacerlo, pero salió de mí de manera espontánea, sin que lo pudiera evitar. La Amona me observó con desconcierto.

—¿Qué pasa? —preguntó.

—Pues que... —Traté de buscar cómo ordenar mis palabras—. Pues que tampoco estoy muy segura de querer que los galtxagorris vuelvan a Gaua. ¡Yo qué sé!

—¿Y por qué piensas eso?

—Pues porque la decisión de Mari de mantener el mundo dividido a toda costa me parece injusta —estallé, por fin—. Conocimos a una lamia ayer, ¿te lo han contado? Una lamia que conoció a mi madre. Estuvimos hablando con ella. No paraba de llorar, y de resistirse, y de querer escaparse. ¡Porque quería vivir en el mundo de la luz! Y es que me parece ridículo que la estemos obligando a vivir en Gaua solo por una pelea estúpida entre dioses que pasó hace más de cien años.

Esperé su reacción. Esperé incluso que me gritase o que me reprochara que lo que estaba diciendo era una barbaridad. Y, en cambio, no me juzgó, o al menos no con la dureza que habría esperado de Emma si se me hubiese ocurrido contarle algo de todo esto.

—Ada —me dijo, simplemente—. Nada es tan sencillo. A veces hay que respetar reglas que no nos parecen bien, porque en ocasiones no estamos preparados para entenderlas.

Pero a mí no me convencía esa respuesta.

—Sé que estás enfadada —insistió—. Y es bonito que te preocupes por esa lamia, pero esta decisión es algo que no nos trasciende a ti y a mí, que va mucho más allá de lo que podemos comprender. Mari sabe por qué hace las cosas.

Tragué saliva.

«Mari sabe por qué hace las cosas.» Sí, eso ya me lo habían dicho antes. También lo repetía mucho Nagore, como un mantra, como si eso les dejase a todos tranquilos y les alejase de la responsabilidad de tomar sus propias decisiones. Pero es que yo no tenía tan claro que Mari supiese qué era lo mejor para nosotros, y ese pensamiento se hacía cada vez más y más grande en mi cabeza.

Respirando hondo, recordé que quería hablarle del sueño que acababa de tener. Explicarle que se repetía todas las noches, hablarle del Inguma y decirle lo que me había dicho. Pero de pronto, teniéndola justo en frente a mí, no sabía por dónde empezar.

—¿Qué te ocurre, *maitia*?[*]

Pocas veces había escuchado a mi abuela esa expresión de cariño. Me pilló desprevenida y, por un momento, sentí que podía hablarle de esos sueños. Que podría confiar en ella y que incluso lo iba a entender.

[*] Expresión en euskera que proviene de la palabra «amor» y puede traducirse como «querida» o «mi amor».

—Hay algo que...

La Amona se enderezó en el sofá.

—¿Hay algo que quieras contarme?

—He vuelto a tener un sueño. En realidad, el mismo sueño que la otra vez. Se repite cada noche, aunque cada vez es más largo, cada día avanza un poco más.

Por mucho que trató de ocultarlo, era evidente que estaba alarmada.

—¿Qué es lo que sueñas?

—El árbol... ese árbol tan importante del bosque. Nagore nos lo enseñó el otro día.

—¿El Basoaren Bihotza? —Yo asentí—. ¿Sueñas con él? Y ¿qué ocurre?

Me quedé callada al instante. ¿Cómo lo iba a entender? ¿Cómo iba a explicarle que soñaba que quería hacerme daño? Y que yo me defendía, con garras y dientes, respaldada por el mismísimo Inguma y por una manada de lobos, hasta hacer que el mundo oscureciese. Tal y como había ocurrido esa vez que abrí la grieta en el portal: todo ocurría por una especie de fuerza que yo tenía dentro y que no estaba muy segura de saber controlar. ¿Cómo iba a contarle que soñaba que volvía a hacerlo, pero esta vez sumergiendo al mundo entero en las tinieblas? Y, sobre todo: ¿cómo iba a explicarle que, lejos de asustarme, esa sensación me había gustado tanto?

De pronto fui consciente: no tenía sentido. Jamás lo entendería.

—No importa —dije.

La Amona se inclinó hacia mí y, con su dedo índice, me peinó un par de mechones colocándomelos detrás de las orejas.

—No siempre debemos fiarnos de nuestros sueños, Ada. Los sueños son una puerta a nuestra alma, una puerta con un enorme poder de sugestión, pero no somos nosotros los únicos que podemos abrirla.

—No te entiendo.

—El Inguma puede hacerte sentir cosas terribles, pero no por ello significa que vayan a pasarte de verdad. Es su juego. También lo hizo conmigo. Sabe hacerte sentir que te conoce, pero no es más que un truco, quiere alimentarse de tus miedos y eso es lo que está haciendo. Ada, no debes preocuparte, ya han avisado a Nora y, mientras tanto, tus primos están fuera con Unax, lo encontrarán en cualquier momento y lo devolverán a Gaua, y todo esto habrá acabado.

No lo entendía.

No me preocupaba que el Inguma anduviese suelto, porque de algún modo estaba absolutamente segura de que no quería hacerme daño, porque aquello no era una pesadilla. Más bien era como si me hubiera contado un cuento al oído, por muy agitada que me hubiese despertado después. Un cuento para dormir, un cuento lleno de belleza dentro de su horror, pero que solo yo podía comprender.

Un cuento en el que yo era un animal, y era poderosa, y tenía en mi mano la posibilidad de salvar a un millón de criaturas inocentes de un destino cruel e injustificado.

La Amona me miró preocupada.

—Sea lo que sea eso que sueñas, puedes compartirlo conmigo si es lo que quieres —me dijo, con suavidad—. ¿Te gustaría contármelo?

Me mordí la lengua.

—No.

La vi vacilar unos instantes, todavía con sus dedos en mi pelo, antes de asentir con la cabeza.

Después de ese encuentro tan raro con la Amona, intenté volver a mi cuarto y descansar, pero ese arranque de responsabilidad me duró más bien poco. No era capaz de estar quieta y daba vueltas y vueltas en la habitación. Estaba anocheciendo y mis primos estarían probablemente a punto de llegar, pero a mí me quemaban las piernas de estar quieta y sin hacer nada, así que decidí salir a dar un paseo. Lo hice como tantas otras veces: a hurtadillas. Bajando por la ventana, apoyándome en los salientes que formaban las piedras de la fachada y saltando hasta aterrizar en la parte trasera del huerto.

Necesitaba caminar. Necesitaba volver al bosque.

Conforme entré de nuevo en contacto con él y me sentí rodeada de nieve y de árboles, comencé a encontrarme mejor. Más libre. Más tranquila. Respiré hasta llenarme los pulmones con toda esa sensación, mientras trataba de pensar con claridad. Sabía que cerrar el portal era nuestra prioridad. ¡Si es que lo sabía perfectamente! Igual que sabía que mis sueños y mis dudas eran con probabilidad un poco peligrosas y que debía encontrar la forma de detenerlas. Sabía que debía hacer caso a la Amona y dejar de meterme en problemas, pero es que había algo que martilleaba mi cabeza todos los días. Algo más fuerte que yo. Algo que no sabría cómo controlar. ¿Y querría hacerlo? ¿De verdad querría ponerle freno, si supiera cómo?

Pero algo detuvo mis preguntas.

Me había parecido distinguir una presencia entre las sombras y se me cortó la respiración de golpe.

—¿Quién anda ahí?

No obtuve respuesta. La tarde no podía ser más silenciosa, con el sol escondiéndose en el horizonte y la nieve reflejando sus destellos rojizos. No se oía a ningún animal alrededor, ni siquiera el crujido de la nieve rompiéndose sobre las ramas. Parecía que estaba absolutamente sola y, en cambio... estaba segura de que no lo estaba y de que había alguien más: una presencia que no me daba miedo, pero que llenaba el bosque con una fuerza salvaje y absoluta en la que era imposible no reparar.

Sentí que un cosquilleo trepaba por mi nuca, y mi corazón comenzó a latir con más fuerza que nunca.

Era como si pudiera hablarme.

Era como si esa presencia invisible pudiera entrar en mi cabeza y supiera lo que debía hacer a continuación.

La obedecí. Me dejé llevar. Sin saber exactamente lo que estaba haciendo ni para qué, escuché lo que me pedía y me agaché a recoger un buen puñado de nieve. La dejé sobre mis palmas unos segundos, acostumbrándome al frío y a la textura, y cerré los ojos. Pensé en esa nieve, la imaginé líquida entre mis dedos, la sentí deslizándose sobre ellos. Y abrí los ojos al comprobar que la nieve me había obedecido.

Sentí que el corazón se me iba a salir por la boca.

¡Lo había hecho! Por primera vez, había hecho magia de manera consciente. Y sí, ¡ya sé que era una chorrada!, que todo cuanto había hecho era derretir un poco de nieve y que cualquiera con un poco de paciencia y calor podría hacer algo así, pero lo había hecho *yo*, con mi mente, simplemente imaginando que podía hacerlo. Sabiendo que podía hacerlo.

Los ojos se me humedecieron y alcé la mirada, buscando a la presencia que me había ayudado entre las sombras. Quería darle las gracias, acercarme a esa persona y explicarle lo importante que esto había sido para mí. Pero fuera quien fuera, había desaparecido. No había ni rastro. Lo busqué por todas partes y me rendí, abatida, cuando comprendí que ya se había marchado.

¿Quién habría sido? Mi corazón creía saber la respuesta, pero estaba demasiado asustada, demasiado poco preparada como para decirla en voz alta. Esa presencia había emergido de entre las tinieblas y había sabido exactamente cómo hacer surgir mi magia, como si fuese la misma que corría por sus propias venas.

«Mi señor te ha escogido —me había advertido el Inguma—. Te ha encontrado.»

Me quedé allí unos minutos más, demasiado abrumada como para poder hacer otra cosa que no fuera mirar a mi alrededor y pensar en lo que acababa de pasar. Pensé en volver a casa de la Amona. El sol se había puesto del todo y la noche era especialmente oscura, con una luna menguante tan fina que a duras penas surcaba un cielo negro como el carbón. Había nevado durante todo el día y hacía frío, muchísimo frío. Mis primos probablemente ya hubieran vuelto a casa y me estarían esperando para cenar. Estarían impacientándose.

Sabía que debía volver.

Y te juro que lo intenté.

Pero algo más poderoso que yo me iba a impedir volver a casa esa noche, y no había nada que yo pudiera hacer para evitarlo. Las manos todavía me temblaban, y la imagen de la nieve haciéndose líquida entre mis dedos me golpeaba en la retina, generándome un ardor en el pecho que solo recordaba haber sentido aquella vez que rompí el portal en dos.

Quería más.

Necesitaba más.

La sensación era tan fuerte, tan intensa, que me mareaba. La sentí subiendo por mi pecho y perder el equilibrio, y todo cuanto me rodeaba dejó de tener forma o sentido para mí. Caí, semiinconsciente, sobre mis pies.

Lo último que recuerdo antes de perder el conocimiento es la textura de la nieve fría contra mis mejillas, el bosque abrazándome en medio de la noche como una madre acuna a un bebé, y la certeza de que me congelaría hasta morir.

12

Emma

Ya era 30 de diciembre. Nos estábamos quedando sin tiempo. En tan solo un día teníamos que haber llevado a todas las criaturas de vuelta a Gaua y teníamos que cerrar el portal. Y, por si no tuviéramos bastante, Unax cumplía los quince años esa misma noche, por lo que debía estar al otro lado en cuanto el primer rayo de luz tocase las piedras del pozo. Y de momento no había ni rastro del Inguma.

No lo sé. No estaba tan segura de que pudiéramos conseguirlo.

Al menos, de acuerdo con nuestro cuaderno, ya habían encontrado a los galtxagorris, y nosotros también habíamos conseguido llevar al último gentil de vuelta a Gaua. No había sido nada fácil. Es cierto que Unax consiguió escuchar el ruido de su mente desde lejos, así que pudimos pillarle por sorpresa, y entre Teo y Nagore consiguieron inmovilizarle con una facilidad pasmosa. Sin embargo, el hechizo que crearon era fuerte, pero, con la magia atenuada por encontrarnos en el mundo de la luz, apenas era suficiente contra la fuerza bruta de un gentil.

De no haber sido por mis reflejos, Unax habría perdido su cabecita de un solo zarpazo.

Tuvo suerte, porque yo fui más rápida que la criatura, vi sus intenciones y, por segunda vez en poco tiempo, tiré a Unax al suelo de un empujón. Esta vez, eso sí, para salvarle la vida. Es cierto que podría haber intentado invocar a mi escudo, pero supongo que en el fondo no terminaba de confiar en su eficacia. Todo pasó en menos de dos segundos, pero fue el tiempo suficiente para esquivar el golpe del gentil. Mientras Unax me miraba atónito desde el suelo, yo grité «¡cuidado!» y Nagore pudo reaccionar con rapidez y lanzarle una oleada de aire que lo desestabilizó e hizo que perdiera el equilibrio. Así lograron paralizarle de nuevo y, entre todos, conseguimos llevarlo al otro lado del pozo.

Sé que le costó decirlo. Soy bastante consciente del esfuerzo titánico que tuvo que suponerle a Unax lo de andar un poco más despacio, ya de vuelta hacia casa de la Amona, para caminar con fingida naturalidad a mi lado, carraspear, y decirlo:

—Lo has hecho bien.

No fue un gracias.

Ni de lejos.

Pero reconozco que tuve que morderme la sonrisa.

Ninguno de los dos nos miramos. Seguimos caminando un rato como si nada y, con la vista fija en el camino, dije: «Ya».

De todas formas, tampoco podía relajarme. Porque la cuestión es que todavía no había invocado a mi escudo y, aunque estaba satisfecha con poder haber sido de utilidad esta vez y haberle salvado la vida a un Empático que se vanagloriaba de saber defenderse solito, estaba segura de que necesitaba mucho más que eso para enfrentarme al Inguma. Por muchos reflejos que tuviera y por muchos movimientos de defensa personal que hubiera aprendido durante el entrenamiento, dudaba mucho que hubiera nada físico que pudiera hacer contra un ser como ese.

Jamás se lo confesaría a los demás, pero lo cierto es que me había costado volver a conciliar el sueño. No quería quedarme dormida, la simple idea de cerrar los ojos y pensar que podía volver a pasar me aterrorizaba. Todavía sentía el pánico agarrado a mi garganta, y las uñas de esa criatura impidiéndome respirar. Tal vez no fuera capaz de olvidarlo nunca. Y por lo visto, también había atacado a la Amona y a Ada con sus sueños. ¿Cómo podía estar segura de que no lo iba a volver a intentar conmigo? Me daba pánico. Cuando nos hablaron de Gaueko, jamás nos dijeron que pudiera tener un vasallo de este calibre, capaz de paralizarte de miedo. Solo nos hablaron de sus lobos y de las tinieblas, ¿pero esto? ¿Cuántas más cosas no sabríamos sobre lo que era capaz de hacer?

—Las gemelas y Arkaitz ya habrán llegado a Gaua

—dijo Teo, rompiendo unos minutos de absoluto silencio.

Estábamos los tres en el salón: Unax, él, y yo. Habíamos llegado inusualmente tarde por culpa de ese gentil que se nos había resistido más de la cuenta, y para entonces supongo que Ada ya debía de haberse marchado a dormir. La Amona sí nos esperaba en la cocina, desvelada y de brazos cruzados, pero solo hasta que se aseguró de que seguíamos vivos y nos reprendió por llegar tan tarde. Inmediatamente después se fue a dormir, seguida de Nagore, que estaba exhausta. Así que allí estábamos los tres, magullados, agotados y sucios tras un día intenso en la nieve, pero sin un ápice de sueño. Los dedos de mis pies se resentían del frío, así que los movía con cuidado, tratando de desentumecerlos, al calor de la chimenea.

Aunque no le contestamos, Teo volvió a hablar:

—Le habrán contado a Nora lo del Inguma, ¿no? ¿Cómo es posible que no nos hayan mandado refuerzos?

Unax se encogió de hombros. Se había sentado en un sillón independiente, justo en frente de mí, y tenía la mirada hundida en la chimenea. Las llamas se reflejaban en sus ojos. Parecía preocupado. También él se había quitado las botas, y masajeaba distraído la planta de su pie izquierdo; probablemente, también le dolieran después de un día entero pasando tanto frío.

A lo que parecía que ya se había acostumbrado era a la luz. De hecho, me pareció que estaba empezando a encontrarle el gusto, porque eso le permitía curiosear y, aunque estábamos ocupados en la búsqueda del Inguma, de vez en cuando le sorprendía observando con atención las huellas de un animal que se encontraba por el camino y que desconocía. Yo no le decía nada, porque en el fondo lo entendía: solo le quedaban horas en el mundo de la luz. Era su última oportunidad para ver un montón de cosas. Su última oportunidad para descubrir toda una vida que ya no sería para él.

Tal vez, en el fondo, era más fácil que no la hubiera descubierto nunca. Supongo que solo sabemos que echaremos de menos algo cuando lo tenemos verdaderamente al alcance de nuestra mano.

Me mordí el labio, apartando la mirada de golpe. Por un momento, temí que me hubiera escuchado. En los últimos días estaba haciendo verdaderos esfuerzos para tratar de aprender a esconder mis pensamientos, pero no estaba segura de estar consiguiendo resultados.

Entonces, para mi sorpresa, Unax se levantó de golpe. Y con esa misma repentina determinación, empezó a recoger sus cosas delante de nosotros. Primero cogió su abrigo, después su mochila, y empezó a moverse por la habitación como si estuviese buscando algo.

Yo no me moví del sofá, pero lo observaba atónita, sin entender nada.

—¿Qué estás haciendo?

Lo encontró: era la tienda de campaña plegable que habíamos utilizado en nuestra primera noche en el bosque. Un momento. ¿No estaría pensando en lo que yo creía que estaba pensando?

—Me vuelvo al bosque. Voy a dormir allí para que el Inguma venga a buscarme. Aquí parados no lo vamos a encontrar.

Efectivamente.

Me levanté del sofá enérgicamente.

—¡¿Estás loco?!

—Soy de familia de Empáticos, ¿recuerdas? —dijo, evitando mi mirada y poniéndose el abrigo—. No le tengo mucho miedo a su truco de las pesadillas. He visto cosas peores.

Sentí la ira acumulándose en mi rostro, y me dirigí hacia mi propio abrigo sin decirle absolutamente nada. Este chico tenía una pequeña obsesión con ser el héroe del asunto. ¿Que era normal después de la enorme deshonra que había caído sobre su apellido? Puede ser. ¿Que era una reacción lógica por su parte lo de tratar de demostrar su valía cuando absolutamente todo Gaua desconfiaba de él? De acuerdo. Pero era igualmente cierto que yo no estaba de humor para sus dramas adolescentes, ni para esa excesiva y ridícula necesidad de aprobación tan propia de un niño de papá. Si creía que iba a poder marcarse semejante movimiento suicida y nadie le iba a detener, es que no me conocía en absoluto.

Me abroché la cremallera del abrigo con tanta rabia y rapidez que sonó como un rugido en medio del salón.

Unax me miró con los ojos como platos, sorprendido. Casi diría que incluso indignado.

—Qué haces —me espetó.

—Pues ir contigo.

—No.

Tuve que reprimir mi impulso de gritar. En su lugar, respiré hondo y caminé hasta quedarme justo en frente de él, para mirarle fijamente a los ojos y con la cabeza muy alta.

—Unax —dije, despacio—. Vas a cumplir quince años esta misma noche. Ahora mismo, vaya, dentro de una hora, concretamente. ¡Y quedan solo horas para que amanezca! ¡Horas! ¿Y si te atrapa? O ¿y si pasa cualquier otra cosa, y de repente no puedes cruzar? ¡Lo que tendrías que hacer es volver a casa ahora mismo!

—Tengo hasta el amanecer. Te digo que lo habré resuelto antes.

—Y yo te digo que voy contigo.

La cabeza de Teo emergió del sofá, soltando un resoplido de profundo aburrimiento:

—¡Agh, de verdad! —se quejó—. ¡Si lo que queréis es pasar un rato solos no tenéis por qué montaros tanta película!

—Tú cállate, Teo —escupí, recogiendo mi mochila.

Me aseguré de darles la espalda mientras me ataba los cordones de las botas.

Me ardían las mejillas.

13

Teo

Me tenían harto.

Todo el día discutiendo. Por todo. Que si por el entrenamiento, que si ahora por el gentil, o por si el escudo de Emma salía o no salía, por si Unax nos estaba presionando demasiado a todos, por si él nos leía los pensamientos o era culpa nuestra por no saber controlarlos y... ¡agh! ¿Y ahora les daba por irse al bosque, en mitad de la noche? Claro que sí, una batallita por ver quién de los dos era más valiente era justo lo que necesitábamos.

Por un momento, sentí ganas de dejarles ir en paz. ¡Que se matasen el uno al otro en el bosque, si era lo que querían! De no haber sido porque faltaban menos de veinticuatro horas para tener que cerrar el portal, los habría dejado ir de buen gusto. Desgraciadamente, no era una opción.

Subí las escaleras con fastidio, dispuesto a despertar a Ada y a Nagore para que me ayudasen a detener a ese par de idiotas, pero, cuando abrí la puerta del dormitorio de las chicas, solo me encontré a Nagore hecha un ovillo en la cama. Ni rastro de nadie más. Abrió un ojo al notar mi presencia.

—¿Qué pasa? —murmuró, con la boca pegada a la almohada.

—¿Y Ada?

Aún confusa, se frotó los ojos y miró a su alrededor.

—No sé, ¿no estaba abajo con vosotros?

—Qué va —respondí, nervioso—. Pero si mi abuela ha dicho que llevaba toda la tarde encerrada en la habitación, que había tenido más pesadillas y se había puesto medio mala. ¿No estaba aquí cuando has subido a dormir?

Negó con la cabeza. No hizo falta que nos dijésemos nada más. Tal vez era pronto para alarmarse, pero era de Ada de quien estábamos hablando; la misma Ada que sentía una indiscutible predilección por desaparecer de vez en cuando y meterse en unos líos tremendos ella solita. Nagore se levantó de la cama de un salto y corrimos hacia mi cuarto, deseando con todas nuestras fuerzas encontrarla, aunque en el fondo supiéramos la respuesta: allí no había nadie.

Recorrimos toda la casa, incluso el desván, sin éxito.

—Oye, ¿y Unax y Emma? —me preguntó Nagore. Me seguía a duras penas por los pasillos, descalza y despeinada, con un pijama con dibujos de koalas. En cualquier otro momento, me habría reído de ella: tenía unas pintas terribles.

—En el bosque.

—¡¿Qué?! ¿Por qué?

—¡Buf!, luego te lo cuento. Tenemos que despertar a la Amona.

En cuanto entornamos la puerta de la habitación, sus ojos se abrieron de par en par, con ese instinto tan propio de la Amona que le hacía saber identificar el momento exacto en que alguien había hecho lo que no debía.

Decidí no andarme con rodeos.

—Ada no está.

Se incorporó con rapidez y se enfundó las zapatillas.

—¿Hace cuánto que no la veis?

—No lo sé —respondió Nagore, con la voz temblorosa—. Cuando subí a la habitación ya no estaba. No entiendo cómo no me di cuenta, pensé que estaba abajo con vosotros, no sé, tenía tanto sueño que no... es que ni me fijé...

No me había dado cuenta hasta entonces, pero tenía los ojos brillantes y jugaba con los dedos al hablar.

—No es culpa tuya —le dije.

No sé si mis palabras consiguieron tranquilizarla, pero la que desde luego no parecía tener la situación bajo control en absoluto era la Amona. Hasta entonces, jamás la había visto perder la calma de esa manera. Parecía respirar rapidísimo y ni siquiera se preocupó por haber dejado su cama deshecha y con las mantas tiradas por el suelo. Abrió su armario de par en par, cogió ropa con una velocidad espeluznante y nos dijo:

—Vestíos, nos vamos.

Nagore obedeció y se fue corriendo a su cuarto. Yo, en cambio, todavía llevaba la ropa de calle, así que me quedé en el marco de la puerta, observándola, algo aturdido. Sabía que debía de estar perdiéndome algo.

—¿Sabes dónde puede estar? —pregunté.

Sus ojos se clavaron, preocupados y tristes, en los míos.

—Me temo que sí.

14

Ada

Hay algo curioso sobre el mundo de los sueños. Es fácil sumergirse en ellos. De alguna manera, es como si te metieras poco a poco en una piscina de agua templada. Primero introduces los dedos de los pies, después los tobillos, las piernas... y para cuando te das cuenta, es tu nuca la que se enreda en el agua. No sabes cómo lo haces, pero de pronto sabes flotar y es sorprendentemente fácil hacerlo, sorprendentemente instintivo.

Y, sin embargo, a todos nos han enseñado que no puedes quedarte allí demasiado tiempo, porque tu cuerpo no está preparado. Porque no naciste para estar allí. Porque no sabrías respirar debajo del agua. Por eso, si olvidas dónde estás, si cometes la imprudencia de relajarte demasiado, podrías ahogarte.

Soñar no es más que eso. Una ilusión. Una falsa seguridad. Unas extremidades que flotan. Una mente sacada de su hábitat natural, que corre el riesgo de olvidarse de que debe salir a la superficie. «Ten cuidado, Ada —parecía decirme de vez en cuando—. Porque podrías ahogarte.»

No sabía cuánto tiempo llevaba allí. En realidad, no sabía si podía hablar de tiempo en un lugar como ese, un sitio que tampoco era un lugar propiamente dicho. Solo sabía que caminaba por un bosque, con los pies descalzos sobre la nieve, pero que no sentía frío.

Tampoco sentía miedo.

Ni siquiera de esa voz.

Era grave. Esa voz siseaba entre los árboles y les hacía cosquillas a las hojas. Me hacía seguirla por la espesura del bosque, camuflándose entre sus sombras. Pero no. Yo no sentía miedo. La seguía como cualquiera perseguiría a un halo de luz en medio de la oscuridad, dejándome llevar sin hacer preguntas, permitiendo que su sonido me acariciase los oídos.

Porque es lo propio de los sueños, ¿no? No sabes cómo has llegado allí, pero no importa. Así es como funciona. Así es como tu mente hace el truco, ¿lo has pensado alguna vez? Nunca recuerdas haberte quedado dormido. Tampoco yo recordaba haber caído inconsciente en medio de la nieve horas atrás. Ni haberme levantado después, caminando hacia un lugar que mis pies conocían de memoria.

Pero yo ni siquiera era consciente de adónde me dirigía.

Un momento.

¿Dónde estaba?

De pronto, esa pregunta se volvió real, tangible, se hizo grande en mi cabeza: «¿Dónde estás, Ada?». El corazón empezó a latirme con fuerza cuando conseguí mirar a mi alrededor y descubrí que estaba rodeada de una manada de lobos. No grité. Ni siquiera sentí el impulso de salir corriendo. Una parte pequeñita y responsable dentro de mí me decía que debía hacerlo, pero otra mucho más grande, otra que en el fondo no sabía muy bien ni de dónde venía, me decía que todo estaba bien. Que esos lobos estaban allí por mí. Para mí. Que los había llamado yo. Como en mis sueños.

Como en mis sueños.

Un dolor agudo se clavó en mi sien y me hizo cerrar los ojos con fuerza. Los abrí de nuevo, aunque esta vez me costó más tratar de mantenerlos abiertos.

Porque esto no lo era, ¿verdad? No era un sueño. Esta vez no. De repente lo supe. Esta vez no estaba soñando, aunque tampoco estuviera despierta. Al principio, quise resistirme a aquella voz. Lo intenté con todas mis fuerzas, retorciéndome contra ella, pero pronto me di cuenta de que no había nada que pudiera hacer contra ella y me dejé llevar. *Él* me había llamado. Gaueko. Había sido él todo este tiempo. Había utilizado a Inguma para llegar a mí a través de mis sueños, para así poder decirme una verdad que de pronto se mostraba con total claridad frente a mí. Ese árbol, ese al que acababa de llegar de manera semiinconsciente, el Basoaren Bihotza, era el origen de la fuente de magia que tenían los brujos. Sin ella, los Sensitivos perderían sus catalizadores y el resto de los brujos no tendrían poder suficiente como para reparar el portal. Destruir ese árbol era la única esperanza que tenían si querían acabar con la tiranía de Mari. Me necesitaban a mí.

Los lobos formaban un círculo a mi alrededor y los miré a los ojos amarillos. Hasta entonces, nunca me había parado a reparar en lo bonitos que eran. Los dibujos de su pelaje alargaban su mirada, dándoles un aspecto fiero y salvaje, pero tremendamente hermoso. Acaricié con suavidad el hocico de uno de ellos. Incluso a cuatro patas no era mucho más bajo que yo, por lo que estaba segura de que me doblaría la estatura si se sostenía solo sobre las traseras. Eso habría aterrorizado a cualquiera, y, en cambio, a mí me llenaba de paz.

Mi cometido era sencillo. Debía acabar lo que había empezado aquella vez que abrí la grieta en el portal. Debía destruirlo por completo. Así, en mi mundo yo no tendría por qué vivir ajena a una magia que era tan mía como lo eran mis dedos, mis ojos o mi corazón. Como tampoco tendrían por qué esconderse las lamias, ni los galtxagorris, ni las criaturas inocentes que vivían sometidas al castigo de Mari.

—¿Sabes quién eres?

La voz del Inguma volvió a sorprenderme a mis espaldas, pero esta vez no me asusté. No huí. Me di la vuelta hacia él y le descubrí como siempre, agazapado, su espalda haciendo una curva imposible y con esas extremidades tan largas, cubiertas de pelo. Caminé hacia él despacio.

—Soy la Hija de las Tinieblas.

Me agaché para quedar a su altura y quedamos frente a frente.

—No temas, Inguma —dije—. No vas a tener que volver a ese lugar.

Miré más allá de él. A escasos metros de mí se erguía un pozo agrietado que conocía demasiado bien. Y, frente a mí, justo delante, se encontraba el árbol más importante de todos.

Podía notarlo en todas partes: la magia de Gaua quería liberarse, expandirse, crecer más allá de cualquier tipo de portal. Lo sentía en las yemas de los dedos, en la tierra bajo mis pies descalzos, en los ojos del Inguma y en los rugidos de los lobos alentándome a actuar.

15

Emma

Tuvimos que hacer el fuego con nuestras propias manos. Sin los poderes de Arkaitz, la hoguera no era más que una hoguera y nos costó innumerables intentos conseguir que la fricción de dos piedras se transformase en una chispa, y más aún que las llamas se aferrasen a la madera y aguantasen rodeadas de tanta nieve. Supongo que Unax no había pensado en esto. Porque, por supuesto, tampoco teníamos manera de encantar la tienda de campaña, así que debíamos conformarnos con el calor que desprendía el fuego desde fuera. Y, ¿sabes qué?, no era suficiente. Ni de lejos.

A pesar de estar metida dentro de mi saco de dormir, llevaba puesto un jersey de cuello alto, los guantes de lana y un par de mantas extra que había hecho bien en meter en la mochila. Y Unax, aunque se había encargado de asegurarme tres o cuatro veces que «no tenía tanto frío», se frotaba las manos repetidamente y se las llevaba a la boca para calentarlas con su aliento.

Era tan cabezota que sentía ganas de tirarle el saco de dormir a la cara.

Tendríamos suerte si no moríamos de frío esa misma noche, durmiendo prácticamente a la intemperie, con la única ayuda de una hoguera minúscula que ni siquiera estaba encantada.

—¿Puedes... parar quieta?

—¿Cómo?

—No paras de moverte.

Miré en su dirección. La luz de las llamas se filtraba ligeramente entre la tela de nuestra tienda, lo suficiente como para que pudiera distinguirle en medio de la oscuridad. Como la otra vez, estábamos tumbados el uno al lado del otro, pero cada uno estaba enfundado en su saco de dormir, así que era literalmente imposible que notase mis movimientos.

—Sí que puedo —me corrigió—. Cada vez que te das la vuelta golpeas el suelo y lo noto. Y deberíamos dormirnos ya si queremos que el Inguma...

—Lo has vuelto a hacer.

—¿Qué?

—Leerme el pensamiento —le reprendí—. Estaba pensando en que no podías notar si me movía o no, y me has escuchado.

—Pensaba que lo habías dicho en voz alta.

—¿En serio? —Le miré, escéptica. Solté un resoplido. Seguía sin creerme ni una sola palabra—. Venga ya.

—Yo qué sé, Emma, estoy cansado, tenía los ojos cerrados. Yo qué sé si has hablado para fuera o si solo lo estabas pensando, dame un poco de tregua.

Me giré sobre mí misma una vez más, clavando la mirada en el techo de la tienda. Desde fuera, escuchábamos el crepitar de las ramitas de la hoguera, cada vez más débil.

Al cabo de un rato, volví a hablar:

—¿De verdad no eres capaz de dejar de leer la mente, ni siquiera aunque lo intentes?

Unax sacó una mano de su saco de dormir. Lo justo para poder frotarse el puente de la nariz.

—¿Puedes tú dejar de escucharme cuando hablo? ¿A que no?

—No es lo mismo.

—Evidentemente no es lo mismo, pero se parece más de lo que piensas. Ya te lo he dicho. No es como si pudiera entrar en tu cabeza e indagar lo que yo quiera. No puedo simplemente entrar allí y saber qué piensas sobre lo que a mí me dé la gana, ni sé lo que sientes. —Hizo una pausa—. No es una barra libre. Tan solo oigo las palabras que se forman en tu cabeza. Eso es todo.

Tragué saliva.

—Y deberías aprender a controlarlas —añadió.

Sentí la sangre agolpándose en mi rostro, y por un momento agradecí que la oscuridad lo ocultase. ¿Cuántas cosas habría pensado, de una manera inconsciente? ¿Cuántas cosas habría escuchado Unax, que yo no me habría atrevido a decirle nunca? Podía tratar de ordenar algunas ideas, ¡o incluso evitar algunas palabras concretas!, pero desde luego no estaba suficientemente segura de haber sido capaz de esconder todos los pensamientos que se agolpaban en mi cabeza cuando Unax estaba cerca. Todavía en Gaua, habíamos entrenado mucho tiempo juntos y me había enseñado movimientos de defensa personal, a veces acercándose mucho, piel contra piel. ¿Podía estar segura de no haber dejado entrever ninguna vez lo que me hacía sentir su respiración en mi nuca?

A mi lado, me pareció que Unax tomaba aire con una mayor profundidad, como desde el fondo de su estómago.

Cerré los ojos con fuerza.

«Deja de pensar, Emma. Deja. De. Pensar.»

Me recompuse, como pude, tratando de ordenar mis pensamientos para que formasen frases coherentes y lógicas. Como mi preocupación por el Inguma. Mi preocupación por quedarnos dormidos cuanto antes y llamar su atención para atraparlo y así llevarlo al otro lado del portal. Eso era. *Ese* era un pensamiento lógico y acorde a las circunstancias. Un pensamiento que no me importaba en absoluto que escuchase, porque estaba perfectamente justificado por la situación en la que nos encontrábamos, y más si cabía que él estaba a punto de cumplir los quince años y... y...

¡Un momento!

Me incorporé sobre un codo para mirarle.

—¿Qué hora es?

Su boca se curvó un poquito hacia un lado antes de responder.

—Más de las doce.

¡Pero eso significaba que ya era su cumpleaños! Me quedé un poco estática, pensando en lo que debía hacer a continuación. Quince años no se cumplían todos los días y algo en mí me decía que debía... ¿abrazarlo? Felicitarlo, cuanto menos, ¡yo qué sé! Ya sabía que era un momento difícil y que estaba todo eso de la Gran Decisión, pero no dejaba de ser su día. Y algo así debería celebrarse, aunque fuese en una tienda de campaña en medio del bosque.

—Feliz cumpleaños —dije, con solemnidad.

Me pareció que esbozaba una sonrisa un poco triste.

—Gracias.

Se quedó en silencio durante unos cuantos segundos, mirando a algún punto de la tela de la tienda. Estaba tan callado que, por un momento, incluso me pregunté si le habría molestado que sacase el tema. A lo mejor era por estar aquí, en el mundo de la luz, el día de su cumpleaños. No se me habría ocurrido preguntárselo porque, francamente, evitaba pensar en cualquier cosa que tuviera que ver con ellos, pero... ¿tal vez echase de menos a su familia? Hacía meses que habían sido expulsados del valle, y no sabía a ciencia cierta dónde estaban ni si les estaba permitido mantener el contacto. Hasta donde tenía entendido, él ahora vivía en el Ipurtargiak como uno más, por lo que era posible que llevase meses sin hablar ni saber nada de ellos.

Me revolví en el saco, todavía sin tener muy claro cómo me sentía al respecto. Nada de lo que tuviese que ver con la familia de Unax podía causarme ni el más mínimo rastro de lástima: habían tramado un plan que involucraba secuestrar a mi prima Ada, engañándola y poniendo en riesgo su vida. El exilio me parecía un castigo más que justo para ellos y, en cambio, lo cierto es que se me formó un nudo incómodo en la garganta.

—Puede que vuelvan.

Lo dijo sin más, sin que yo le dijera nada. Su voz simplemente rompió el silencio y se hizo espesa, llenando la tienda.

—No dijeron que el castigo fuera para siempre —añadió, y se revolvió el pelo—. Tampoco dijeron lo contrario, pero... bueno, se han dado casos de brujos castigados que han sido readmitidos. Si daban muestras de arrepentimiento, claro.

Elegí mis palabras con cuidado. No sabía si esa información me hacía sentir alegre por él o profundamente enfadada, por cómo podría afectarme a mí y a mi familia.

—No lo sabía —dije, simplemente.

—En realidad, no importa. Son solo suposiciones. Para cuando volvieran, probablemente yo ya sería bastante mayor, así que... —Se encogió de hombros—. No puedo contar con ello. La realidad es que mi familia se ha ido y ya está.

—¿No te queda nadie? ¿Ningún familiar? —Al instante me arrepentí por la pregunta, pero Unax se limitó a sacudir la cabeza.

—Nadie. Y tampoco tengo los apoyos que tenía. Mi apellido no vale nada ya.

—¿Tanto importa eso?

—Importa si llevas toda la vida preparándote para ser el líder de tu linaje. —Sonrió y acomodó su cabeza sobre el jersey que utilizaba a modo de almohada—. Desconozco si sé hacer otra cosa.

—Solo tienes quince años —rebatí. «Y tú ni siquiera estabas muy seguro de querer heredar el puesto», pensé. Todavía recordaba aquel día que habíamos estado en su casa, observando las fotografías de todos sus antepasados. En aquel momento, habría jurado que le ahogaba pensar que su destino estaba tan definido y que no existía otra alternativa para él. Pero ahora no era así. ¿Cómo no se daba cuenta? Era cierto que lo que le había ocurrido a su familia tenía que ser un golpe durísimo, pero por primera vez en su vida se abría ante él la posibilidad de ser lo que le diera la realísima gana.

¿Sería ese el problema?

Sus ojos me observaron con atención y supe que había dado en el clavo. Ese era el problema. Podía elegir.

Podía ser quien quisiera ser. Y esa era una sensación que nunca había tenido, que siempre había deseado con todas sus fuerzas y, en cambio... ¿qué ocurre cuando tienes tantas opciones? ¿Sabes quién quieres ser en realidad? ¿Sabrías aprovechar esa oportunidad, o te verías abrumado ante la inmensidad de decisiones que se abren frente a ti? A veces, es más sencillo que sean los demás los que toman las riendas de tu destino.

Sonrió.

Vaya, vaya. No era el único al que se le daba bien esto de leer la mente, después de todo.

—Nadie debería tener que tomar una decisión tan difícil a los quince años —dije.

—Ten cuidado de a quién le dices eso. Es un discurso bastante reaccionario, podrían pensar que estás pasando demasiado tiempo conmigo.

Me pareció que bromeaba, pero llevaba parte de razón. Esa había sido la motivación que había llevado a su familia a hacer lo que hizo, ¿no? La convicción de que el portal era un castigo injusto, y que nos obligaba a los brujos a renunciar a demasiadas cosas.

Yo también me recosté sobre mi almohada improvisada. Fuera, soplaba un viento gélido que silbaba y se colaba por los huecos que no cubría nuestra tienda de campaña. Estaba convencida de que nuestra hoguera se había apagado ya y no era más que restos de madera tibia, rodeados de nieve.

Unax estaba a centímetros de mí, tan solo separados por nuestros sacos de dormir. «Nadie debería tener que tomar una decisión así a los quince años», pensé, otra vez. Unax asintió, despacio.

Tenía su mirada clavada directamente sobre mis ojos, y me di cuenta de que estaba intentando entrar en mi cabeza. Ya lo había hecho antes: cuando nos había explicado el origen de Gaua, consiguió hablarnos mentalmente para que pudiéramos ver las imágenes que él quería que viéramos. Reconocí ese mismo cosquilleo en mi frente y, aunque mi primer instinto fue bloquearle, decidí vencerlo y lo dejé pasar.

Sin dejar de mirarme, y sin mover en absoluto los labios, Unax me habló. Su voz sonó dentro de mi cabeza, como un susurro: «Mi lugar está en Gaua».

Tragué saliva.

Sus ojos grises me escudriñaban mientras esperaban mi respuesta. Recuerdo que la primera vez que los vi pensé que parecían un par de piedrecitas de río, llenas de colores aparentemente imperceptibles, húmedas y brillantes por el paso del agua. No había dejado de pensarlo desde entonces: siempre me ha gustado la sensación de vértigo al dejarme llevar por la corriente.

«¿Y si te equivocas?»

Frunció un poco las cejas y supe que me había oído. Pero en esta ocasión, no me molestó. Es cierto que era una sensación rarísima, y que me sentía expuesta y vulnerable como un libro abierto, pero supongo que aquella era una de esas cosas que no habría sido capaz de decir en voz alta. En el fondo, agradecí no tener que hacerlo.

«No es tan fácil. Sigo sintiendo que hay un hueco para mí en el linaje de los Empáticos. Me han preparado para esto toda la vida, todavía puedo ser de utilidad.»

«Utilidad», repetí, mentalmente, todavía sin abrir la boca.

Unax dejó escapar el aire de sus pulmones y yo lo noté, haciéndome cosquillas en la nariz. No sabía en qué momento nuestras cabezas habían llegado a estar tan cerca la una de la otra.

«Necesito enmendar el error que cometí», me dijo, sin hablar.

—No fue culpa tuya.

Esa frase escapó de mi boca a modo de susurro, sin que lo esperase. Hasta ese momento, ni siquiera era consciente de que lo pensara de verdad. De hecho, habría jurado que nunca sería capaz de perdonarle del todo. Pero ahí estaba ese susurro, llevándome la contraria. Esas cuatro palabras habían salido de lo más profundo de mí hasta colocarse en medio de los dos, y me dio la sensación de que se habían roto un poquito en los ojos de Unax.

Sin dejar de mirarme, acercó su mano a mi rostro y me apartó el pelo, muy serio. Después, su pulgar recorrió despacio la piel de mi mejilla y acabó sujetándome el mentón entre los dedos. Su mirada se detuvo esta vez en mis labios y yo los humedecí de manera instintiva, justo antes de que dejara caer su frente junto a la mía. Podía sentir su respiración entrecortada contra mi boca, sus dedos en mi mandíbula, el olor de su cuello.

Iba a besarme. No cabía duda de que iba a besarme.

Y entonces... ¿por qué se había detenido? Se había quedado justo así, todavía frente con frente pero con los ojos fuertemente cerrados, como si estuviera librando una batalla interior y no pudiese moverse ni un solo centímetro. Tampoco yo hice nada, pero nunca había deseado tanto ser Empática y poder saber qué es lo que estaba ocurriendo dentro de su cabeza.

Su voz sonó ronca cuando finalmente decidió hablar:

—No importa de quién fuera la culpa, Emma. El daño no se puede reparar —dijo. Y con la misma determinación con la que se había acercado a mí, se separó y dejó que una oleada de frío me golpeara la piel.

Me dio la espalda y se cubrió con su saco, dejándome muy claro que la conversación había acabado y quería que le dejase espacio.

Lo miré, sin moverme y sin decir absolutamente nada. Tampoco habría sabido ni por dónde empezar. Quería decirle tantas cosas... Quería... ¡gritarle! tantas cosas... Todavía me temblaban las manos, y sentía el corazón latiéndome tan fuerte en el pecho que parecía que en cualquier momento iba a salirse de la tienda de campaña.

¿Y se apartaba, sin más? ¿Para qué había intentado besarme entonces? ¡¿Qué motivo tendría para hacer algo así?!

Me sentía ridícula. Estúpida.

Y, al mismo tiempo, estaba tan furiosa que me ardían los ojos.

Su estúpido linaje. Porque eso es lo que pasaba, ¿no? Todas esas tonterías de ser su líder y seguir el camino que habían pensado para él. Tanto decirme en Gaua que lo que más quería era buscar su propio camino y, ahora que tenía esa posibilidad, todo lo que le importaba era recuperar la reputación que había perdido. A eso se reducía todo.

Con total claridad, pensé: «Espero que merezca la pena».

Me aseguré de que lo escuchase.

Me di la vuelta y me acomodé en el saco. El suelo estaba tan duro que me iba a resultar difícil, pero estaba decidida a dormir. O, al menos, a intentarlo. Pero entonces, un aullido surcó la noche y partió el silencio en dos. A él le siguió otro, y después otro, y otro más.

No hizo falta decir nada. Unax y yo nos dimos la vuelta y nos miramos el uno al otro. Sentí que un escalofrío recorría mi cuerpo.

—Es Ada —dije.

Sencillamente, lo supe.

16

Teo

La Amona sabía dónde estaba Ada. Se vistió deprisa y nos guio a Nagore y a mí entre la inmensidad del bosque, con la absoluta certeza de que la encontraríamos en un lugar muy concreto. Yo no me lo podía creer. ¡No tenía sentido! La Amona creía que Ada estaba durmiendo en su habitación, ¿no? ¿Cómo era posible que de repente supiera que se había escapado al bosque? ¡Y más! ¿Cómo podía saber dónde encontrarla?

—Amona —repetí, caminando deprisa junto a ella. Iba atento a sus pasos y mis manos estaban preparadas para cualquier traspié. Me preocupaba que resbalase y se cayese en medio de la nieve, porque apenas podíamos ver nada más allá de la luz que emitían nuestras linternas—. Amona, ¿adónde vamos?

Ella apretó los labios y por un momento pensé que iba a ignorar mi pregunta como las anteriores dos veces que se la había formulado. En cambio, habló, con la vista fija en el frente:

—Ada me dijo que había tenido sueños.

—¿Sueños? —Nagore se adelantó un par de pasos para mirarla—. ¿Qué clase de sueños?

—No quiso hablarme profundamente de ellos, pero sí me dijo que aparecía el Basoaren Bihotza.

—¿Y eso es...? —Todavía no me quedaba muy claro.

Nagore puso los ojos en blanco antes de contestarme:

—El Corazón del Bosque. ¿No te acuerdas? El árbol del que se extrae toda la madera de vuestros catalizadores.

¡Ese era su nombre! Asentí enérgicamente. Por supuesto que recordaba ese árbol, y todo lo que sentí cuando me agaché a tocar sus raíces. Había sido una experiencia demasiado intensa como para olvidarla tan fácilmente. ¡Pero en serio no pretenderían que fuera capaz de recordar todos los nombres larguísimos e imposibles de la fauna y flora de Gaua! ¿No?

—Lo que no entiendo es... —siguió Nagore, esta vez dirigiéndose a mi abuela—. ¿Qué importa que soñara con él?

Era evidente que la Amona empezaba a cansarse. Se lo notaba en su respiración agitada y en sus pisadas algo más erráticas y torpes. Pero no se detuvo a descansar. Ni por un segundo.

—Lo que ocurre —respondió, tras tomar una bocanada de aire—, es que me dijo que era un sueño que se repetía todas las noches. Y también me dijo que la separación del mundo le parecía injusta. Me pareció que empezaba a albergar dudas bastante serias sobre si el portal debía restaurarse.

Nagore ahogó un grito.

—¡Es cierto! También se enfadó muchísimo con nosotros cuando llevamos a esa lamia al otro lado del portal. ¡Lo siento, deberíamos haberte avisado! No pensé que llegaría tan lejos.

Yo estaba demasiado confuso.

—A ver si lo he entendido, ¿quieres decir que esos sueños que está teniendo son los que la están haciendo rebelarse? Que todo ese rollo de no querer arreglar el portal, y lo de que le parezca injustísimo que el mundo esté dividido en dos... ¿es por las pesadillas que le está generando el Inguma?

—No lo sé —respondió mi abuela—. Pero podría ser cierto. Desconocemos lo que puede hacer el Inguma, pero tal vez le hayamos subestimado. No olvidéis que es un fiel vasallo de Gaueko. El Inguma podría haberse acercado a Ada a través de sus sueños, meterle ideas en la cabeza para manipularla y conseguir que fuera la propia Ada quien desease acercarse a Gaueko.

Nagore agitó la cabeza.

—¿No es un poco retorcido? ¿Por qué no la secuestra y ya está?

—Tal vez haya descubierto que es más efectivo que

Ada sea la primera que crea que está de su lado. Ximun ya intentó doblegarla contra su voluntad y ya visteis el resultado: Ada es fuerte. Pero Gaueko es infinitamente más listo que Ximun, y utilizar al Inguma para llegar a ella...

—Mari misericordiosa, espero que estés equivocada. ¿Crees que va a intentar que Ada destruya el Basoaren Bihotza...? —La voz de Nagore se rompió un poco, como si temiese la respuesta.

Pero la Amona no respondió. Yo las miré, a la una y a la otra, sin comprender nada en absoluto. ¿Qué pintaba ahora ese árbol? Y ¿por qué demonios ahora de repente le había dado a Gaueko por cargarse árboles del bosque?

—¿Alguien puede decirme lo que está pasando? —estallé.

Pero no tuvieron tiempo para responderme, ya que la imagen que apareció frente a nosotros nos dejó sin habla. Efectivamente, habíamos llegado al Basoaren Bihotza, que se erguía inmenso e imponente, destacando entre los demás árboles del bosque. Pero lo más impactante no era su tronco, ni sus innumerables ramas tocando el cielo nocturno, sino la enorme manada de lobos que lo rodeaban.

Mi corazón dejó de latir.

Uno no espera encontrarse tantos lobos de golpe. Uno es más que suficiente para ponerte la piel de gallina, ¿y aquí?, aquí habría más de veinte. Todos con sus dientes enormes y afiladísimos, con esos ojos amarillos reflejando la luna llena, haciéndonos conscientes de que un solo movimiento en falso sería suficiente para terminar con nuestra vida.

Me llevé la mano a la flauta, escondida en el bolsillo de mi abrigo.

—No tendríais que estar aquí.

Reconocí esa voz.

Emergía de entre los lobos, o quizá había salido de las fauces de alguno de ellos, era imposible saberlo. En cambio, me sonaba tan familiar como si la hubiera oído esa misma mañana.

—Marchaos.

No era posible.

No era... no era posible. ¿Verdad?

De pronto, los lobos se movieron para dejar pasar un cuerpo pequeñito, que emergía entre ellos caminando lentamente, camuflada en la más absoluta oscuridad. Alzó la cabeza hacia nosotros.

¡Era Ada!

Nagore me frenó con sus brazos y evitó que me lanzase de lleno a recoger a mi prima. La fulminé con la mirada, sin comprender por qué evitaba que la salvase de una muerte segura, hasta que realmente fui consciente de lo que estaba pasando delante de mí. Ese cuerpo era Ada, eso era cierto, pero Ada ya no era Ada. Debajo de su flequillo recto, asomaban un par de ojos que ya no eran sus ojos, sino dos esferas amarillas y profundas que estaban muy lejos de parecer humanas. Eran ojos de lobo.

A nuestro lado, la Amona dio un paso hacia delante, provocando el rugido unánime de toda la manada. Ella alzó sus manos en señal de paz, pero algo me decía que eso no iba a ser suficiente. Los lobos no tenían pinta de querer negociar en absoluto.

—Ada —dijo, con voz firme pero calmada, y creo que yo nunca la había admirado tanto como entonces. Yo no habría sido capaz de acercarme a todos esos bichos sin temblar como la gelatina—. Ada, no sabes lo que estás haciendo.

El rostro de Ada no mostró ningún signo de expresión. Volvió a hablar y su voz sonó fría y afilada como un cuchillo.

—Sé perfectamente lo que estoy haciendo.

¿Ah sí?, quise preguntar yo. ¿¡Y alguien podía tomarse la molestia de explicármelo a mí?! Porque toda esta escena estaba siendo la película de terror más surrealista de mi vida y empezaba a merecerme alguna explicación.

De pronto, desde detrás de mi prima emergió una figura peluda, muy parecida a un duende gigante, pero con una nariz y orejas todavía más desproporcionadas y una sonrisa terriblemente siniestra.

—¡El Inguma! —susurró Nagore, con voz ahogada.

Me quedé paralizado. ¿¡Ese era el tejedor de pesadillas?! El ser más terrorífico sobre la faz de la tierra, el que era capaz de asfixiarte hasta morir, el que había estado atormentando a Emma, y a la Amona y... ¡¿ahora era un aliado de Ada?!

Mi prima pequeña no parecía tenerle ningún miedo. Se enfrentó a la Amona con una calma y una frialdad que me pusieron la piel de gallina.

—Es hora de poner fin a un portal que nació para dividirnos, para contener el poder de las Tinieblas y ahogar a las criaturas de Gaua. La magia no va a reprimirse ni un minuto más.

—Destruir el Basoaren Bihotza no destruirá el portal, Ada —continuó mi abuela.

—Te equivocas —contestó mi prima. Ni siquiera sus palabras sonaban a ella. Era como si realmente estuviéramos ante una marioneta ocupada por alguien diferente a Ada—. Necesitáis su magia para restaurar el portal. Sin ella, seréis incapaces de cerrar su grieta.

—Tienes razón —dijo para mi sorpresa la Amona—. Puede que no fuéramos capaces de restaurarlo antes de fin de año. Puede que incluso lo dañaras, pero sabes perfectamente que Mari encontraría la manera de volverlo a crear.

Entonces, muy despacio, dio un nuevo paso hacia delante y después otro, acercándose peligrosamente a Ada y a los lobos que la rodeaban. Ella no se movió.

—No le escuches, Ada —susurró la Amona—. Te está mintiendo. Gaueko cree que te conoce mejor que nadie, pero no es cierto.

Miré a Nagore, entre aturdido y horrorizado. Asumir que el mismísimo dios de las Tinieblas estaba manipulando la mente de mi prima pequeña, que estaba hablando a través de ella, era más de lo que podía asimilar.

—Vuelve conmigo —insistió mi abuela—. Vámonos a casa.

Y, de pronto, la expresión de Ada cambió y abrió su boca, amenazante como las fauces de los lobos que la rodeaban. La miré unos instantes sin dar crédito. ¡Seguía siendo Ada! Por mucho que Gaueko estuviera escondido detrás de sus ojos, por mucho que hubiera podido meterse en su cabeza con los trucos del Inguma... seguía siendo nuestra prima pequeña. No iba a hacernos daño, ¿verdad?

Como toda respuesta, Ada soltó un alarido que llenó el bosque y lanzó a mi abuela por los aires. Sin pensármelo dos veces, corrí en su auxilio. No había caído muy lejos y respiré con alivio cuando descubrí que, aunque estaba dolorida en uno de sus brazos, podía moverse y miraba a Ada con un gesto de horror en sus ojos, o tal vez del dolor más profundo que le había visto en la vida.

Ada sí podía hacernos daño. Estaba dispuesta a hacerlo. Seguía de pie, con sus ojos de lobo clavados en nosotros, y la manada se nos aproximaba lentamente.

—Esto no va a acabar bien.

Nunca, ni en mis peores pesadillas, había imaginado que tuviera que enfrentarme a veinte fieras como esas, pero menos aún que tendría que luchar contra mi prima pequeña. En el fondo de mi corazón, deseaba con fuerza no tener que hacerlo, sino que despertase de repente, que se diese cuenta y pusiera fin a esta masacre. ¿Pero cómo íbamos a detenerla? La Amona ya había intentado hablar con ella y era obvio que era Gaueko el que estaba al mando de sus actos, manipulándola y obligándola a seguir sus órdenes. Los lobos se movían a su compás y estaba claro que querían devorarnos.

De pie junto a una gran roca, Nagore me miró con sus ojos azules muy abiertos, como pidiendo permiso. Lo habíamos hecho más veces, lo habíamos ensayado miles de veces en los últimos días, nos habíamos vuelto implacables. Asentí con la cabeza y saqué mi flauta del bolsillo de mi abrigo. No hizo falta contar hasta tres; las gemelas Empáticas nos habían enseñado bien y supimos leer en la mirada del otro el momento exacto en el que íbamos a actuar. Justo en el instante en que ella generaba un gran torrente de aire, la música empezó a manar de mi flauta y alcé la piedra en el cielo, que se unió a la corriente e impactó en un grupo de lobos que estaba peligrosamente cerca.

Permanecer unidos era todo cuanto podíamos hacer. Ya nos lo habían advertido durante nuestro entrenamiento: nuestros poderes estaban mermados en el mundo de la luz y solo sobreviviríamos si trabajábamos en equipo.

—¡Nagore, cuidado! —exclamó la Amona.

Un lobo la derribó de un golpe y ella cayó rodando por la nieve. Quise ir por ella de inmediato, o protegerla con mi flauta, pero antes de que pudiera hacerlo me di cuenta de que tenía tres lobos más acechándome por la espalda. Los dedos que sujetaban mi flauta temblaban cuando me giré hacia ellos y vi que a la Amona la rodeaban otros dos lobos más.

No había música en el mundo para sacarnos de allí.

Y entonces, justo en ese preciso instante en que cerraba los ojos y me llevaba la flauta a los labios rindiéndome a un destino fatal, sentí el impacto de un escudo aferrándose con fuerza a mi piel. Volví a abrir los ojos de golpe. Entre los árboles, llegaban corriendo Emma y Unax, y ella sujetaba su eguzkilore con los dedos.

Era el escudo de Emma. ¡Lo había conseguido!

Tal vez no todo estaba perdido.

17

Ada

No sentía nada.
   No veía nada.
   No oía nada.

Notaba como si estuviera dentro de una pecera, envuelta en el agua, y todo lo que pasase más allá de los cristales se moviera distorsionado y a cámara lenta. Nada parecía real. Los lobos me rodeaban y se movían como si fuéramos uno solo, así que podía sentir la rapidez con la que se movían sus patas, el peso de sus garras en la nieve, el sentido del olfato agudizado de sus hocicos.

Y de pronto, una anciana caía al suelo y me miraba desde allí, con los ojos como platos, horrorizada. Una parte de mí creía conocer a esa mujer que parecía suplicarme que me detuviese, pero de alguna manera parecía que la hubiera visto en un sueño, hace mucho, muchísimo tiempo.

—Ada —decía, arrastrándose en la nieve—. Ada, cariño, escúchame.

Ada. El nombre sonaba raro en mi cabeza. Me lo repetí una vez más, tratando de darle sentido: A-da. Solían llamarme Ada. Pero una voz infinitamente más potente que la mía, más rotunda, inundó mi cabeza: «Libera a Gaua».

No tuve ocasión a réplica. No era una voz a la que pudiera llevarle la contraria o con la que pudiera dialogar. Era una voz que me consumía, que devoraba mi corazón y mis pulmones y me impedía hacer cualquier otra cosa que no fuera su voluntad. Me giré sobre mí misma, dándoles la espalda a los demás y enfrentándome al árbol mientras, a mis espaldas, escuchaba a los lobos rugir para defenderme y asegurarse de que cumplía mi cometido.

Solo debía tocarlo. Una mano en ese tronco y la magia dejaría de latir por su madera. No sabía cómo lo iba a conseguir, no tenía ni la menor idea, pero la voz sabía que sería capaz, así que no había lugar a dudas: sabría hacerlo. Debía hacerlo.

Alcé mi mano derecha despacio y la miré extrañada. Sentí que me movía como un juguete articulado.

—¡¡¡ADA, NO!!!

¿Emma? Ese nombre se cruzó fugazmente por mi mente cuando vi a una chica alta y fuerte gritar en mi dirección mientras lanzaba una especie de escudo que evitaba que un lobo la arrollase de un golpe. Su presencia me desconcertó y me provocó una fuerte punzada de dolor en la cabeza. «Ella no es nadie para ti, sangre de mi sangre», gritaba la voz de mi cabeza.

A su lado, un niño de pelo claro se aferraba a una flauta como si su vida entera dependiera de ello.

—No quiero usarla contra ella, Emma —decía.

—Pero hay que detenerla. No se me ocurre qué podemos hacer si no. Atúrdela, ¡haz algo!

—¿Y Unax no puede ayudar? Igual puede conseguir que nos escu... ¡Emma, detrás de ti!

Los vi forcejear contra un par de lobos. De nuevo el escudo consiguió protegerlos de una primera embestida y, después, el chico se llevó la flauta a la boca y derribaron a los animales, haciéndoles caer sobre la nieve. Sentí su dolor en mis propias extremidades y me doblé sobre mí misma, intentando recobrar el aliento. Una tercera voz emergió de pronto:

—Teo tiene razón, Emma. Puedo intentarlo. La voz de Gaueko es fuerte, pero puedo... creo que puedo intentar...

—¡Hazlo, Unax! ¡Lo que sea! —respondió ella—. Yo te cubro.

—¡Y Nagore y yo nos encargamos del Inguma! —añadió el más pequeño.

Traté de no distraerme, aunque sus voces ejercían un poder en mí que no podía comprender y me hacían dudar. «Libera a Gaua», seguía diciendo aquella voz. Yo di un paso hacia delante, de forma que solo unos centímetros me separaban del tronco del Basoaren Bihotza, y respiré profundamente, preparándome para actuar.

Pero entonces un cosquilleo recorrió mi frente. Un cosquilleo apenas perceptible pero molesto, como el zumbido de una mosca. Intenté espantarlo, pero cuanto más me resistía, más aumentaba la punzada de dolor en mi cabeza y se volvía insostenible. Me dejé caer sobre mis rodillas y me llevé las manos a las sienes. Las sentía ardiendo.

—Ada. Ada, soy Unax. ¿Te acuerdas de mí? —dijo una nueva voz, abriéndose paso en mi cabeza.

Cerré los ojos con fuerza.

—¿Unax? —dije.

—Ada, tienes que confiar en mí, ¿vale? Sé que te duele muchísimo la cabeza, pero tienes que intentar escuchar mi voz, ¿me has entendido? El Inguma ha secuestrado tu mente para que escuches la voz de Gaueko, pero creo que puedo sacarte de allí. No es muy distinto a lo que hacemos los Empáticos, así que creo que sé cómo deshacer el hechizo, pero tienes que hacer lo que te digo, ¿estás preparada?

Todavía agachada entre la nieve, negué con la cabeza con absoluta rotundidad. Sentía ganas de vomitar.

—Vamos, Ada —insistió—. Puedes hacerlo. Sé que puedes. Te he visto resistirte a mi padre y te aseguro que eso era algo que muy pocos sabían hacer. Tienes una fortaleza mental que no le he visto a nadie.

Sentí algo moverse entre la nieve.

—Unax. —La anciana había vuelto y estaba hablando

con ese chico—. Voy a acercarme a ella. ¿Puedes hacer que me escuche?

—Lo que puedo hacer es intentar contener a Gaueko, pero es... —Sonaba exhausto, como si estuviese sometiéndose a un esfuerzo descomunal—. No sé cuánto tiempo más voy a poder... no sé si...

—Tranquilo, Unax. Aguanta.

Los pinchazos eran cada vez más y más fuertes. Sentí a esa mujer acercarse a mí, invadiendo mi espacio y sentándose a mi lado. Una parte de mí quería defenderse lanzándole la manada de lobos. Me contuve, haciendo uso de una fortaleza que no sabía que tenía.

—No te acerques —le advertí. No estaba segura de poder evitarlo una segunda vez.

—Ada. —La anciana no me hizo caso y se sentó a mi lado—. Ada, cariño, escúchame. Tú no quieres hacer esto.

Ella no sabe lo que quieres. Intenta manipularte. No te entiende como yo.

—No... no sabes lo que quiero —dije.

—Ada —volvió a hablar. Cada palabra suya dolía en mi cabeza—. Destruir el Basoaren Bihotza no solo impediría arreglar el portal, sino que acabaría con todos los catalizadores. Todos los Sensitivos se quedarían sin magia, ¿entiendes? También tus primos. Y dejar a un brujo en Gaua sin magia es peor que quitarle la vida.

Miente. Intenta manipularte. Ella no es tu familia. No como yo. La sangre de la noche corre por tus venas, y la noche quiere

ser libre. Has nacido para este momento, para liberar la noche y dejar que la magia de Gaua recupere lo que perdió. Podrías tener magia en tu mundo, no tendrías que elegir entre los dos mundos. Las criaturas serían libres. Ese es tu legado.

—Calla —supliqué, aunque no supe bien a quién se lo estaba pidiendo—. Callaos.

Mientras tanto, con el rabillo del ojo descubrí al Inguma lanzándose sobre Emma y aprisionándola contra el suelo. Le vi clavar sus garras en su garganta, aturdiéndola y dejándola absolutamente petrificada contra el suelo.

La anciana los miró y, aunque pareció dudar, no corrió hacia ellos. En su lugar, llevó una mano a mi brazo y me tocó con suavidad. Alcé la mirada y me enfrenté a sus ojos, que me miraban cautelosos pero llenos de un amor sin límites, más poderoso que cualquiera de los lobos que nos rodeaban.

—Ada, soy tu Amona. Y tus primos Emma y Teo están aquí. Somos tu familia y queremos ayudarte. Sé que no quieres hacernos daño. Y tú también lo sabes.

Miente. Yo soy tu única familia.

Se me llenaron los ojos de lágrimas.

—No soy de la familia —dije, con la voz rota—. Mi padre está muerto. Mi madre ha desaparecido. Gaueko es la única familia que me queda.

A lo lejos, Teo soltó un alarido:

—¡¡Nagore, el Inguma tiene a Emma!! ¡Ayúdame, vamos!

Lo vi ocurrir como a cámara lenta. Nagore corría a grandes zancadas y estiraba los brazos, haciendo un gesto con ellos que hacía emerger un enorme golpe de aire de sus manos. Teo se llevaba la flauta a los labios, corriendo hacia ella, derrapando entre la nieve. A no muchos pasos de mí, Unax estaba arrodillado con las manos en las sienes, temblando.

Pero entonces, la Amona me cogió el mentón con determinación y me obligó a mantenerle la mirada solo a ella.

—No sé dónde está tu madre biológica, cariño, pero la familia también es quien te elige, quien está contigo, te protege y te cuida —me dijo, con sus ojos muy serios pero brillando de emoción. Detrás de ella, el Inguma recibía el impacto de la música y salía volando por los aires, pero su voz se mantuvo tan dulce y serena como si estuviésemos solas en el bosque y nadie más nos estuviera escuchando—. Y tú no tienes por qué hacer esto. Tu sangre no te define, Ada. Somos quienes queremos ser, ni más ni menos que eso. Y tú no quieres hacer esto. Eres mejor que esto y se lo vas a demostrar.

Lejos de la Amona y de mí, el Inguma caía al otro lado del pozo, empujado por la oleada de magia que Nagore y Teo habían conseguido hacer juntos. En el momento en el que desapareció, un halo de luz blanca se desprendió por la grieta al mismo tiempo que una lágrima caía por mi mejilla.

Fue como despertarme de una pesadilla. Como lanzarme a una piscina helada en pleno mes de agosto. Como volver a la vida de golpe. En el preciso instante en el que el Inguma cayó, mis párpados se cerraron y, cuando volví a abrir los ojos, la Amona me limpió las lágrimas con el dorso de la mano.

Porque eso era. Ahora podía verla. Era mi Amona.

Y lo supe con una certeza tan grande que, de no ser porque me abrazó al instante, me habría desmoronado. Sus brazos se aferraron a mi cuerpo, llenándolo de calor en medio de la nieve.

18

Emma

Todo había sucedido muy rápido. Apenas unas horas antes, si alguien me hubiera dicho que iba a ser capaz de volver a invocar a mi escudo, lo habría tomado por loco. No lo había conseguido en ninguno de los días que había pasado en Gaua y, en cambio, al ver a Teo y a la Amona rodeados de todos esos lobos, el escudo había salido de mí con el simple tacto de mis dedos contra la madera del eguzkilore.

Había sido horrible. Horrible. Todos esos lobos atacándonos sin tregua ante la mirada inexpresiva, casi inerte, de Ada. Al principio no entendía nada. ¿Por qué no se movía? ¿Por qué no nos ayudaba? Pero entonces, Teo, agitado y corriendo hacia nosotros con la flauta en la mano, nos explicó muy deprisa lo que estaba pasando y Unax supo hacerse cargo de la situación y entrar en su cabeza para tratar de que Ada recuperase el control.

Todavía no podía creerme que todo aquello hubiera

sido un truco del Inguma y que ninguno nos hubiésemos dado cuenta. Cada noche había ido ganándose a mi prima poco a poco para llevársela a su terreno y hacer que se acercase a Gaueko, y yo, que estaba ahí, no había sabido verlo. Me sentía la peor prima de la historia por no haber detectado las señales, cuando estaban ahí, delante de nosotros. Ahora estábamos peleando contra ella, ¡corriendo el riesgo de hacerle mucho daño!, y a la vez luchando por que ella no nos hiriese a nosotros. Todo cuanto podía hacer era correr de un lado a otro, desorientada y desbordada, tratando de invocar tantos escudos como me era posible para frenar los ataques de los lobos, que nos buscaban sin cesar, sedientos de sangre.

Podría haber acabado muy mal. Muy, muy mal. Esto era muchísimo peor que cuando Ximun la raptó para que rompiera el portal. Esta vez el mismísimo dios de las Tinieblas la había encontrado, y eso era el peor de nuestros miedos. Y, lejos de secuestrarla sin más, había utilizado al tejedor de pesadillas para acercarse a ella y hacerla dudar sobre todos nosotros, sobre su familia e incluso sobre ella misma. ¿Cómo sabíamos que no iba a volver a por ella? Ahora que sabía que el último eslabón del linaje perdido estaba vivo...¿qué no haría para tratar de llevarla a su lado?

Había estado tan cerca de conseguirlo, tan cerca de ganarle la batalla a la mente de Ada, que todavía sentía escalofríos. Por suerte, Unax había conseguido retenerle un poco, lo justo hasta que pudimos doblegar al Inguma. En cuanto ese bicho puso los ojos sobre mí, mis piernas se paralizaron al recordar la sensación de miedo agonizante que sentí en su pesadilla. No pude reaccionar y se lanzó sobre mí, asfixiándome, exactamente igual que la última vez, mientras yo veía cómo todo a mi alrededor se desvanecía.

—Emma... Emma, ya está. Ya ha terminado.

Aquella voz me devolvió poco a poco a mi conciencia. Sentía la boca seca y seguía aturdida, pero despacio fui recuperándome y pude diferenciar a Unax, de rodillas frente a mí.

—¿Qué ha...? —Con el rabillo del ojo, vi a Ada abrazando a la Amona, llorando sin consuelo. ¡Había pasado de verdad!—. ¿C-cómo lo has...?

—No he sido yo —me explicó Unax—. Teo y Nagore te han quitado al Inguma de encima y lo han lanzado al otro lado del portal, así que su truco mental se ha desvanecido con él. Y Ada ha vuelto en sí.

Me invadió un alivio tan grande que por un momento creí que iba a volver a desmayarme, pero Unax me cogió del hombro, invitándome a incorporarme.

—¿Estás bien? —me preguntó, y llevó su mano libre a mi cuello—. Estás herida.

Yo solo asentí.

—No es nada. El Inguma —expliqué, sin ganas de recordarlo—. ¿Tú cómo estás?

Le había visto retorcerse en el suelo, librando una batalla contra el mismísimo dios de las Tinieblas en la mente de mi prima. Había llegado a temer muchísimo por él al verle temblar de esa manera, hecho un ovillo en la nieve, mientras todos esos lobos luchaban por derribarle y hacerle pedazos. Había tenido tanto, tanto miedo al verle así, tratando de salvar a Ada sin posibilidad de defenderse, que yo solo podía apretar el eguzkilore en mi pecho, con las lágrimas a punto de desbordarse de mis ojos, deseando que mi escudo pudiera cubrirnos a todos. Sabiendo que en cualquier momento mis fuerzas fallarían y se quebraría por completo.

Unax me colocó el pelo detrás de la oreja.

—Estoy bien. Gracias a ti —dijo con suavidad, y después añadió—: Eres increíble.

Con el rabillo del ojo, vi que Ada se separaba de la Amona y, entonces sí, acepté la mano de Unax y terminé de ponerme de pie. No me hizo falta mirarla ni dos segundos para descubrir un sincero y demoledor destello de culpabilidad en sus ojos, así que corrí a abrazarla antes de que pudiera decir cualquier tontería.

—Lo siento mucho, Emma. Lo siento muchísimo. Como esa.

—No eras tú, Ada. No te preocupes.

—¡Pero estás herida!

—Solo es un rasguño.

Se separó del abrazo para mirarlo bien, y entonces pareció darse cuenta de algo importante.

—¿Y los lobos? ¿Se han ido?

—Creo que tú les has pedido que se vayan —respondió Unax, acercándose a nosotras.

—¿Yo?

Asintió.

—Es bastante alucinante lo que sabes.

—Pero tú me has ayudado —replicó Ada.

—A mí no me mires. —Unax agitó la cabeza—. Estaba conteniendo como podía al Inguma, pero ha sido Teo el que lo ha lanzado al otro lado del portal. Eso ha terminado con su truco por completo, menos mal. Pero todo lo demás... esa resistencia con la que te has enfrentado a él es cosa tuya. Y es impresionante. Jamás había visto a nadie pelear con tanta fuerza.

La expresión de la Amona era una mezcla indescifrable de miedo y alivio. Tampoco Nagore y Teo tenían mejor pinta. Teo especialmente parecía verdaderamente alicaído y supe por qué de inmediato según bajé la mirada a sus manos y descubrí su flauta partida por la mitad.

—¿¡Qué ha pasado?!

—El Inguma estaba atacando a Emma, y Nagore y yo hemos conseguido saltar de entre los lobos y lanzarlo de un impacto al otro lado del portal, pero... —se encogió de hombros, tremendamente triste— he caído sobre ella y se ha roto.

—¿Y ya no funciona? —exclamó Ada, con voz quebrada.

Teo agitó la cabeza.

—N-no suena, ¿ves? —balbuceó—. No es un corte limpio, y como se escapa el aire entre las grietas, ya no puede... en fin.

Ada parecía a punto de volver a romper a llorar. Era evidente que trataba de decir algo, pero no sabía encontrar las palabras para disculparse. Estoy segura de que la Amona iba a abrir la boca para decirle que ya iba siendo hora de dejar de torturarse y que nada de lo que había sucedido había sido culpa suya, pero la interrumpió un sonido en el bosque que ninguno esperábamos.

Os aseguro que si hubiera visto a un dragón, me habría sorprendido bastante menos que lo que vi: en medio de los árboles, iluminado por la luz rojiza de un amanecer incipiente, el padre de Teo nos miraba a todos con los ojos como platos.

La Amona ahogó un grito y se llevó una mano al pecho.

—¡Fermín! —chilló—. ¿Qué haces aquí? ¿Cuánto... cuánto tiempo llevas aquí?

A decir verdad, el buen hombre parecía un poco aturdido, aunque no podíamos culparle. Estaba a punto de amanecer, hacía un frío de mil demonios y estábamos todos en medio del bosque, cubiertos de barro y llenos de arañazos, y su hijo tenía una flauta de madera partida por la mitad entre las manos.

Todo esto iba a ser difícil de explicar.

Agitó la cabeza.

—He llegado hace un rato a la casa y al no veros me he

preocupado muchísimo. Un poco más y llamo a la policía, ¡que son las tantas de la madrugada! Pero entonces he salido a mirar por ahí y me ha parecido ver a lo lejos un destello de luz y lo he seguido hasta aquí... Y aquí os encuentro, vaya. ¿Qué demonios estáis haciendo a estas horas?

Nos miramos entre todos, esperando que alguien ideasse una respuesta convincente que pudiera sacarnos de esta. Por suerte, la Amona fue la más rápida:

—No, ¡¿qué haces tú aquí tan pronto, hijo?! Si no te esperábamos hasta esta noche para cenar. Menudo madrugón tan tonto.

Fermín se ajustó las gafas redondas, recolocándolas justo en el puente de la nariz, antes de mirar a Teo.

—Sí, no sé. Ha sido como un instinto, yo qué sé, una cosa rara. Ya sabes, Ama, que yo no soy de hacer estas cosas, pero... es que tenía que venir. No sé si es por cómo se quedó la cosa en Nochebuena, pero tenía que ver a Teo. Os va a parecer rarísimo, pero llevo unos días teniendo unas pesadillas tremendas.

Lo intentamos, pero no pudimos contener una risa que se nos fue escapando, primero a mí, después a la Amona, a Nagore y por último al propio Teo.

—Te creo, papá —dijo, avanzando para fundirse en un abrazo con él.

La Amona los observó unos segundos, parpadeando muy deprisa y tratando de ocultar (bastante mal, por cierto) que sus ojos le quemaban de emoción. A mi lado, Unax me cogió del brazo.

—Emma, debo marcharme —dijo.

Miré al cielo. ¡Era cierto! Aún no había amanecido del todo, pero el color del cielo no dejaba lugar a dudas: Unax solo tenía unos minutos (¡tal vez segundos!) para tomar su gran decisión. En el momento en que el sol tocara la primera piedra, el portal se cerraría para siempre para él y ya no podría volver a cruzarlo el resto de su vida.

—¡Es verdad! ¡Claro! Tienes que... claro, tienes que cruzar —balbuceé.

Habría querido decir algo con más sentido, pero estaba súbitamente bloqueada. Unax debía marcharse. Para siempre. Y ahí estábamos todos, ¡incluso el padre de Teo!, que nos miraba sin entender muy bien lo que iba a ocurrir a continuación. Miré a la Amona en un gesto de súplica, esperando que se llevase a Fermín fuera de allí para que Unax pudiera saltar por el pozo sin que le diera un infarto.

En su lugar, la Amona miró a su hijo:

—Fermín, es hora de que sepas algunas cosas. Cosas que no te he contado nunca porque creía que así te estaba protegiendo, a ti y a tus hermanos. Me equivocaba. No puedo protegeros de todo, y menos si eso implica alejarte de tu hijo ocultándote algo que es tan importante para él. Espero que me perdones algún día.

Teo abrió muchísimo los ojos. Creo que no era el único. También yo me quedé repentinamente sin respiración.

—¿Qué pasa, Ama? —dijo Fermín.

—Te prometo que te lo contaré todo, pero antes debemos despedirnos de Unax, ¿de acuerdo? No puedo explicártelo todo de golpe, pero tiene mucha prisa. Ahora solo prométeme que, veas lo que veas, tratarás de mantener la calma y confiar en mí.

—Ama, me estás asustando.

«Y más que te vas a asustar, tío.» Sonreí. Aunque era una sonrisa un poco amarga. El pozo estaba apenas a dos pasos de donde nos encontrábamos, estaba a punto de amanecer y eso era todo.

Unax comenzó a despedirse de los demás: una palmada en el hombro a Teo, un abrazo rápido a Nagore y otro a Ada, un cordial estrechamiento de manos a la Amona.

—Gracias por todo, hijo —le dijo ella—. Estaremos siempre en deuda contigo.

Unax asintió, creo que algo conmovido, y finalmente se giró hacia mí. Me miró a los ojos, primero al derecho, después al izquierdo, y siguió así, mirándolos intermitentemente, como si quisiera encontrar las palabras para decirme algo y no supiera por dónde empezar.

Yo tampoco sabía qué decir.

Su mirada se desvió un segundo hacia el cielo, que empezaba a anaranjarse. Faltaban minutos, quizá segundos, para que el primer rayo de sol tocase la piedra del portal y el destino de Unax estuviera sellado para siempre. No debía retrasarse más y, en cambio, sus ojos volvían a estar clavados en mí.

Estaba a punto de cruzar. A punto de irse, con la mano izquierda en el bolsillo del abrigo y la derecha en su nuca, frotándose el inicio del pelo. Detrás de él, se erguía el pozo lleno de nieve y hielo entre las piedras. Pero Unax no se movía. Ni hacia mí ni hacia el pozo, como si no tuviera ni idea de qué es lo que debía hacer. O como si esperara que fuese yo la que hiciese algo, o dijese algo, que le lanzase hacia una decisión. ¿Pero acaso yo debía decir algo? ¿El qué? ¿Cómo podría despedirme en condiciones, o decir algo con un mínimo de sentido, si estábamos delante de todo el mundo. Si sentía los ojos de la Amona clavados en mi espalda?

Por cómo Unax entornó la mirada, me di cuenta de que había escuchado lo que estaba pensando. Sonrió ligeramente, solo hacia un lado, sin dejar de mirarme, y por un momento pensé que esa iba a ser toda nuestra despedida: una sonrisa elocuente, una intención en su mirada y nada más.

Pero entonces lo sentí... las cosquillas en mi cabeza, haciéndose paso en mi nuca y subiendo hasta mis sienes. Y comprendí lo que intentaba hacer. Le devolví la sonrisa y dejé pasar esas cosquillas, las dejé entrar en mí y respiré profundamente hasta que todo a mi alrededor comenzó a dar vueltas.

Cuando volví a abrir los ojos, Teo, Ada, Nagore, Fermín y la Amona habían desaparecido. Miré a mi alrededor. Nosotros dos no nos habíamos movido, pero ahora estábamos absolutamente solos, rodeados por árboles y nieve, en medio de la inmensidad del bosque.

Mi corazón empezó a latir con más fuerza.

—Ven —me dijo.

Le hice caso. Recorrí la distancia que nos separaba y, durante unos segundos, todo lo que se escuchó a nuestro alrededor fue el crujido de la nieve bajo mis pasos. Él también avanzó hacia mí y nos quedamos apenas a centímetros el uno del otro. Apoyó su frente contra la mía y cerró los ojos. Estuvimos así unos segundos, sin decir nada, sintiendo su respiración, mientras el amanecer iba tiñendo la nieve de una luz cada vez más anaranjada.

Tragué saliva.

Entonces, me separé un poquito, muy despacio, preparada para decirle que había llegado el momento y que tenía que marcharse, pero no me dejó tiempo para hacerlo. Antes de que pudiera reaccionar, Unax me llevó una mano a la barbilla y me impidió que me apartase.

—No quiero irme —susurró contra mis labios.

Me besó. Por un momento, la sorpresa me dejó tan paralizada que creí que no iba a poder reaccionar, pero entonces Unax abrazó mi cintura y mi indecisión se deshizo entre la nieve. En aquel momento solo estábamos él y yo, sus labios acariciando los míos con suavidad, sus dedos en mi espalda y nada más. El resto no importaba. Ni el portal, ni su decisión, ni los dioses... Al menos por un instante, Unax y yo estábamos juntos y eso era todo cuanto importaba. Aunque tuviera que irse.

Me acarició la mejilla por última vez antes de separarse del todo.

Todavía sentía el cosquilleo en la boca cuando se sentó sobre el pozo y se dejó caer, mirándome fijamente mientras desaparecía entre la luz. Poco a poco, la ilusión que Unax había creado en mi mente fue desapareciendo y el mundo volvió a formarse a mi alrededor. Ahora sí, rodeada por todos los demás, ajenos a todo lo que acababa de ocurrir entre nosotros, observé cómo el primer rayo de sol bañaba la piedra del portal. Nunca más volvería a estar abierto para él.

De pronto, el padre de Teo gritó:

—¡Pero que ha saltado por el pozo! —Se llevaba las manos a la cabeza—. ¡¡Que ha saltado!! Pero ¿lo habéis visto? ¡Que ha tenido que matarse!

La Amona trataba de calmar a su hijo, aunque no parecía tarea fácil. Fermín había recorrido en dos zancadas la distancia que le separaba del portal y se asomaba, buscando algún rastro de aquel chico que a todas luces era un suicida. Gritaba, horrorizado, aunque Teo trataba que le escuchase y que pudieran hablar con tranquilidad.

Mientras tanto, yo me llevé los dedos a los labios. Aquel beso había ocurrido solo en mi cabeza. Nadie más lo había visto. Y, en cambio, había sido lo más real que había sentido en mi vida.

19

Teo

Se lo contamos todo.

Todo. ¿Todo? Todo, sí. Los mundos. El portal. Que éramos brujos (¡y sí, que él también!). Le explicamos lo del pozo y por qué Unax no se había matado con la caída. Y ya que estábamos, le explicamos también lo de Ada, su vínculo de sangre con Gaueko y todo el peligro que eso conllevaba. Y la Amona se esforzó mucho por explicarle que si no le había contado nunca nada era porque había tenido muchísimo miedo de que el abuelo la tomara por loca. Después, lanzado, aproveché y le hablé del Ipurtargiak, de los catalizadores... y para cuando me di cuenta, mi padre se sentó en la nieve, apoyando la espalda en el pozo, y se quedó mirando un punto muerto en medio de la nada.

Pero yo no me di por vencido. No había llegado tan lejos para detenerme antes de lo más importante. Con las manos temblorosas, saqué los trozos de mi flauta de los bolsillos y se la enseñé.

—Esto es... ¿era?... mi flauta. Es mi catalizador. —Se la tendí a mi padre, pero no la cogió. Se limitó a mirarme y parpadear. Tragué saliva—. Se ha roto y ahora no funciona, pero cuando funcionaba... Este es el objeto que necesito para hacer magia. Es una flauta, papá. Hago música y... y muevo objetos. Ayudo a personas. ¡Con la música! ¿Lo entiendes?

Te lo llevo intentando decir toda la vida, completé mentalmente, aunque esas palabras murieron en mi garganta. Esperé unos instantes, dándole tiempo a reaccionar de alguna manera, aunque fuese gritándome o diciéndome que no se creía ni una sola palabra de las que estaba diciendo. Pero ese momento nunca llegó. Se limitó a ajustarse las gafas en su sitio, y a mirarnos, a mí y a mi flauta, y después de nuevo a ese punto vacío en medio del bosque.

Sentí un pinchazo en el pecho y me guardé los trozos de flauta en los bolsillos.

La Amona intercedió por mí.

—Está diciendo la verdad, hijo. Hoy nos ha salvado la vida a todos. Con la música. —Sonrió y me dirigió una mirada cómplice—. Para que luego digan que no sirve para nada.

No obtuve más respuesta que sus dedos frotándose el entrecejo. Sentía una mezcla de dolor, impotencia y ganas de gritar, pero mi padre seguía sin moverse ni decir absolutamente nada. Parpadeó un par de veces.

—¿Me estáis tomando el pelo? —dijo.

—No, no te estamos tomando el pelo —me defendí.

—Lo has visto con tus propios ojos, tío —dijo, esta vez, Emma—. Unax ha saltado al pozo y ha desaparecido. ¿Cómo podría ser que no le hubiera pasado nada? Es imposible, ¿no?

Me pareció que trataba de calmarse. De respirar. Y yo mientras tanto traté de idear la mejor forma de convencerle. Mi flauta estaba rota, así que no podía hacerle una demostración, pero tal vez Nagore podía probar a mover algo con el aire y seguro que eso le dejaba tan patidifuso que no le quedaba otro remedio que creernos.

Sin embargo, antes de que pudiera sugerirlo, mi padre se puso de pie y, sin mirarnos, dijo:

—Voy para casa.

—No, ¡espera! —dije—. ¡Aún tenemos que cerrar el portal! Tenemos que hacerlo ya, para que dejen de escapar las criaturas. Le prometimos a Mari que lo haríamos antes de esta noche.

Dio un paso hacia delante y yo lo retuve, agarrándolo de la muñeca.

—Quédate, papá. Tú también eres brujo. Tienes que tener magia ahí dentro, aunque no sepas cómo utilizarla. Puedes ayudarnos a cerrar el portal.

Me miró unos instantes. A mí y después a la Amona, con evidente perplejidad. Tal vez incluso con indignación.

—Esto. ¿Esto? Es una locura, Ama.

Y nada más decir eso, se dio la vuelta y se marchó a paso rápido. Dudé si seguirle, pensé muy seriamente en echar a correr detrás de él, pero la Amona me sujetó por el hombro y me susurró, muy bajito, al oído:

—Necesita tiempo, cariño. Eso es todo.

Tiempo, claro. Como también necesitaba tiempo para comprender que la música era algo importante para mí. Le había dado tiempo de sobra, y cada día que pasaba le parecía algo más absurdo e ilógico. ¿Es que no podía confiar en mí? ¿No podía creer en nada de lo que le dijera, sin necesidad de enfrentarse a pruebas físicas que no le dejasen más opción que rendirse a la evidencia? Parpadeé para asegurarme de que no se me escaparan las lágrimas.

—Vamos, Teo —dijo Nagore—. Es la hora.

Asentí y, siguiendo las instrucciones de la Amona, nos sentamos todos en un círculo sobre la nieve, rodeando el pozo.

—Vamos allá —nos dijo—. Poned todos la mano sobre la piedra. Concentraos. Es importante que visualicéis el cierre de la grieta, que sintáis las piedras juntarse como si realmente estuviera pasando delante de vuestros ojos. Así es como conseguiremos entre todos que suceda. ¿Me habéis entendido?

Asentimos, aunque, si te soy sincero, no tenía muy claro que hubiera comprendido exactamente lo que había que hacer. Tampoco tenía claro si sabría cómo hacerlo, pero coloqué las manos sobre la piedra, como todos los demás. Nos miramos unos segundos los unos a los otros. Al otro lado del portal, cientos de brujos estarían haciendo lo mismo que nosotros, concentrándose en lo mismo. La sola imagen de algo tan poderoso como lo que estábamos a punto de vivir me ponía la piel de gallina.

—¿Preparados? —dijo la Amona. Y yo llené mis pulmones de aire—. Ahora.

Cerré los ojos con fuerza, aunque no estaba muy seguro de saber imaginar todo lo que decía la Amona. Estaba demasiado disgustado, demasiado preocupado por la reacción de mi padre ante todo este asunto, como para poder concentrarme de verdad en lo que estábamos haciendo. Cerré los ojos con fuerza y... nada. No pasó nada. Nada más allá de un ligero temblor bajo las yemas de mis dedos.

Abrí un ojo.

¿Eso era todo?

¿En serio?

La Amona se miraba las manos y miraba al pozo, su pecho subiendo y bajando a gran velocidad.

—No puede ser.

—¿Lo hemos cerrado ya? —pregunté, tal vez un poco decepcionado.

—No —respondió—. Parece que no hay magia suficiente. Noto... noto algo, pero...

A mi lado, Ada se mordió el labio.

—¿No hay nada más que yo pueda hacer? —exclamó, frustrada—. No lo entiendo. ¡Yo hice esta grieta! ¿Por qué no puedo simplemente repararla y ya está?

La Amona negó con la cabeza.

—Destruir siempre es mucho más sencillo que construir. Para construir hace falta cooperación y unión. Confianza.

—Necesitamos más manos —se lamentó Nagore.

Y entonces, de repente, el crujido de unas hojas a nuestra espalda nos sobresaltó. Yo di un respingo y me encontré a lo último que esperaba ver en un momento como ese. Enfundado en su abrigo, mi padre volvía por donde había venido, se abría camino entre los árboles revolviéndose el pelo. Parecía inseguro pero caminaba, sin lugar a dudas, hacia nosotros.

—Hijo —dijo la Amona, dispuesta a levantarse. Pero no hizo falta, porque el que se agachó fue mi padre, colocándose de rodillas justo en medio de nosotros dos. Yo no sabía ni qué decir, así que le miré, con los ojos muy abiertos, esperando algún tipo de respuesta.

Él carraspeó.

—Hola otra vez —dijo.

—Hola —respondimos todos, un poco al unísono.

—Así que... —se aclaró la garganta— sois brujos.

Se me aceleró el pulso.

—*Somos* brujos —le corrigió la Amona.

Él alzó las cejas y sonrió de un lado. Todavía parecía

nervioso y no podíamos culparle. A mí me costó un par de días asimilarlo, y eso que me había caído de bruces en el portal y había visto Gaua con mis propios ojos.

Y, sin embargo, aturdimiento aparte, allí estaba, sentado junto a nosotros, dispuesto a creer. Y la sensación era tan alucinante que, de no haber sido porque estaba pasando justo delante de mí, habría jurado que me estaban mintiendo. ¡Mi padre, creyendo en la magia! ¡Creyéndome a mí!

Y entonces, cuando estaba convencido de que ya no podía alucinar más, se dirigió a mí con los ojos brillantes, se sorbió la nariz y me dijo:

—Déjame ver esa flauta.

Me pareció ver que Ada y Emma sonreían y se miraban llenas de emoción, pero yo estaba demasiado nervioso como para fijarme en ellas. Le tendí los pedazos, con cuidado, sin atreverme a preguntarle por qué los quería ver.

—¡Ah, bueno! —dijo, echándoles un vistazo de arriba abajo y mirando entre sus agujeros—. Nada que no pueda arreglarse.

—¡¿Puedes arreglarla?! —exclamé.

Mi padre sonrió y llevó su mano a mi pelo. Lo revolvió un poco.

—Menudo ingeniero sería si no pudiera con esto.

No sé explicar lo que sentí en esos momentos. Podría hablarte de la Amona limpiándose las lágrimas con la manga de su jersey, o de la enorme sonrisa de Ada, o del impulso que me llevó a darle un abrazo a mi padre como juraría que no se lo había dado nunca. Pero me quedaría corto. Porque en ese momento me embargó una felicidad tan pura y tan grande que sentí que se me iba a partir el pecho en dos.

—Vamos allá, ¿no? —dijo—. ¿Cómo va esto?

Esta vez no esperé a las instrucciones de la Amona.

Le cogí una de sus manos, llevado por un instinto que no sabía de dónde venía, y él la sujetó con firmeza y una sonrisa de orgullo. La Amona nos miró y le cogió su mano libre, y poco a poco todos fuimos haciendo lo mismo hasta que formamos un corro de manos unidas alrededor del portal.

Los sentí a todos, conmigo, más cerca que nunca.

Miré a mi padre un último instante antes de cerrar los ojos.